Henry F. Urban
Die Entdeckung Berlins

AF130120

epilog 5.001

Henry F. Urban *(1862–1924) lebte als gebürtiger Berliner in New York und schrieb von dort aus für verschiedene Zeitschriften in Deutschland.*

Paul Haase *(1873–1925) arbeitete als Zeichner und Karikaturist, hauptsächlich für Berliner Zeitungen. Er illustrierte mehre Bücher, so u. a. die ›Onkel Franz‹-Serie.*

Ronald Hoppe *(*1964) war Art-Director der IHK-Zeitschrift ›Berliner Wirtschaft‹ und Herstellungsleiter beim Shayol-Verlag. Als Layouter ist er u. a. für Klett-Cotta, Piper und Random House tätig.*

HENRY F. URBAN

Die

Entdeckung
BERLINS

Zeichnungen von Paul Haase

Schriftreihe Epilog • Band 5.001
Herausgegeben von Ronald Hoppe

epilog·de

Bibliografische Information der Deutschen Nationalbibliothek:
Die Deutsche Nationalbibliothek verzeichnet diese Publikation
in der Deutschen Nationalbibliografie; detaillierte bibliografische
Daten sind im Internet über http://dnb.dnb.de abrufbar

Sammelband der Epilog-Hefte:
2.005 • Die Kunst, am Sonntag Pfannkuchen zu kaufen
2.006 • Die Schwierigkeit, den Grunewald zu entdecken
2.007 • Wie der Berliner ins Seebad fährt

Ausgewählt, redigiert und gestaltet von Ronald Hoppe
Erstveröffentlichung im Berliner Lokal-Anzeiger 1910/11
Umschlagmotiv und Zeichnungen von Paul Haase
Herstellung und Verlag: BOD – Books on Demand, Norderstedt

ISBN: 978-3-7386-5977-1

WIESO UND WARUM

Nichts Besonderes dünkt heute
Eine Seefahrt viele Leute.
Dieser fährt aus Deutschlands Gauen,
Um Dollarika zu schauen,
Der kommt hierher über See
An den grünen Strand der Spree.
Allzu lang am Hudson hockend,
Schien mir Letzt'res sehr verlockend.
Drum beschloss ich, jüngst zu zieh'n
Nach dem reinlichen Berlin,
Wo ein jeder als Soldat
Patriotisch dient dem Staat
Und ihm zahlt der Steuern Sold,
Da dieselben »gottgewollt«.

(Dieses Wort ist heut geflügelt,
Weil es Bismarck ausgeklügelt.)
Doch ein richtiger Mann der Feder
Sitzt am Arbeitstisch entweder
Oder geht umher und sinnt,
Wo er neue Stoffe find't.
In der Gegend nun der Panke
Kam mir folgender Gedanke:
Könnte ich zu lust'gen Zwecken
Nicht einmal Berlin entdecken?
Etwas seltsam klingt das zwar –
Manchem unverständlich gar;
Dessen ungeachtet zweifl' ich,
Dass es keinem sei begreiflich,
Denn die meisten sehen nicht,
Was da liegt vorm Angesicht.
(Goethe sprach's, ein weiser Herr,
Excellenz und Klassiker.)
Zweitens ist's ein Unterschied,
Wenn ein Humorist es sieht.
Drittens reizte der Vergleich
Mit der Stadt an Dollarn reich.
Manches hab' ich da erspäht,
Was in keinem »Führer« steht:
Menschen von besondrer Art,
Außen rauh und innen zart,
Nied're Leute und erlauchte,
Tannenschlanke und verbauchte
Solche, die mit Mägdlein kosen
An der See in Badehosen,
Solche auch, die nur entflammt,
Was verbunden mit dem Amt.

Auch das schwächere Geschlecht
Prüfte ich auf Das, was echt:
Was sie freut und was sie leiden,
Wie sie putzen sich und kleiden,
Die am Ka-De-We spazieren,
Die daheim im Kochtopf rühren,
Die als Mädchen gar für Alles
Haben etwas saftig Dralles,
Die dem Mann als Knechter fluchen,
Die nach einem neuen suchen.
Kurz und gut, was kargen Lohn
Schwer erringt in harter Fron,
Was des Lebens Bitterkeit
Mit Humor süßt jederzeit
Was bewusst nach vorwärts strebt,
Umstürzt, was sich überlebt,
Bald geschmäht mit gift'gen Zungen,
Bald als Musterstadt besungen,
Was mit einem Wort bekannt
Als »Berlin« im ganzen Land –
Das war mein Bemüh'n, zu schildern
In humordurchwebten Bildern.
Zur Erhöhung solchen Spaßes,
Lieh ich mir den Stift Paul Haases.
So wirkt alles dreifach keck –
Dieses ist des Buches Zweck.

Henry F. Urban

1. ENTDECKUNG

Die Schwierigkeiten, Berlin zu entdecken – Ein Charlottenburger, kein Berliner – Wilmersdorf als Vorspiegelung falscher Tatsachen – Aus dem Café-Leben – Von dem Ehemann, mit dem seine Frau keine Torte verzieren konnte *

Amerika ist das entdeckteste aller Länder. Seit dem Jahre 1492 wurde es ununterbrochen entdeckt: von Kolumbus bis zu Goldberger. Und immer neue Entdecker kreuzen den Ozean. Da ist es also wirklich die höchste Zeit, dass jemand von drüben sich erkenntlich zeigt und zunächst einmal wenigstens Berlin entdeckt; das übrige Deutschland hat Zeit. Denn nach der Ansicht eines Berliner Freundes zerfallen die Deutschen in zwei ganz getrennte Klassen: in Berliner und Deutsche schlechthin. Übrigens ist die Entdeckung Berlins keineswegs so einfach wie die Entdeckung Amerikas. Von New York kommend, stößt man zunächst auf die Balliner; so könnte man die Bewohner Hamburgs, der Stadt des ausgezeichneten Ballin, zum Unterschied von den Berlinern nennen. Danach muss man durch eine Unmenge Sand hindurch, um Berlin zu erreichen, und wenn man glücklich irgendwo angekommen ist, so erfährt man zu seinem Entsetzen, dass man in Charlottenburg ist oder in Schöneberg oder gar in einem ganz gewöhnlichen Dorf, das den Namen Wilmersdorf führt. Als New Yorker finde ich besonders eigenartig, dass es Berlin genau genommen gar nicht gibt, sondern nur einen Haufen von Dörfern, der Berlin heißt. Und das weitere

Eigenartige liegt in diesen Dörfern selber. Derartig vornehme und glänzende Bauernhäuser gibt es in New York und Umgegend nicht. Das sei hier feierlich festgestellt. Die Überraschung des Fremden ist nicht gering. Wenn er den Namen Wilmersdorf hört, so denkt er an grüne Wiesen, auf denen friedliche Rinder grasen, an dralle, rotbäckige Bauernmädchen, an idyllische Häuschen mit roten Ziegeldächern inmitten von gesegneten Obstgärten. Statt dessen findet er breite Straßen, schöne Blumenplätze, in denen die lieblichsten Kindermädchen wachsen, Paläste, in denen Köchinnen sentimentale Lieder singen und der Müllschlucker seines Amtes waltet, grüne Höfe, wo zwei Tage lang von früh bis spät aus feinen Teppichen hochfeiner Staub geklopft wird, der dann wieder in die Wohnungen zurückfliegt. Noch überraschender ist, dass der Berliner sogar im Grunewald wohnt, und dass auch dieser Wald aus aristokratischen Häusern besteht. Eigenartig ist für den Fremden auch die Eifersucht, mit der die Bewohner jedes einzelnen Dorfes über ihre lokale Getrenntheit wachen. Der Charlottenburger wohnt allemal in Charlottenburg, der Schöneberger in Schöneberg, der Wilmersdorfer in Wilmersdorf. Neulich fragte ich einen Charlottenburger, wo sein Bruder sei, und erhielt die Antwort: »Er is eben nach Berlin jejangen.« Briefe aus New York an mich tragen die Ortsbezeichnung Berlin, weil ich den Freunden in New York gesagt und geschrieben habe, dass ich mich einige Zeit in Berlin aufhalten werde. Aber die Ortsbezeichnung Berlin ist allemal auf der Post kräftig ausgestrichen und dafür Charlottenburg hingeschrieben. Entweder gibt es überhaupt kein Berlin mehr, oder es liegt in der Nähe von Charlottenburg. Ich werde das jedoch sehr bald ausfinden, und wenn ich Dr. Cooks Hilfe dazu in Anspruch nehmen müsste.

Aber sprechen wir trotzdem der Kürze halber einfach von Berlin. Der drollige George Ade, ein bekannter Chicagoer Schriftsteller mit sehr heiterer Feder, hat sich im Sommer 1908 Berlin angesehen und alsdann drüben verkündet: »Berlin ist Chicago – nur gewaschen, gestärkt und gebügelt.« Daran ist etwas Wahres. Mit New York lässt sich Berlin schwerer vergleichen, weil New York eine Seestadt mit deren eigenartigen Zügen ist. Immerhin lassen sich genug Vergleiche ziehen. Jedenfalls ist Berlin ein gewaschenes, gestärktes und gebügeltes New York, aber vor allem ist es schöner, wiewohl es keine schöne Stadt an sich ist. Neuzeitliche, schöne Städte gibt es in Deutschland überhaupt kaum. Berlin ist reicher an schönen Einzelheiten: in breiten Straßen mit Bäumen und Blumenbeeten (in der Bismarckstraße fährt die Straßenbahn sogar auf saftigem Rasen), in weiten, grünen Plätzen (der Pariser Platz ist ein Kleinod, der Matthäikirch-Platz ein Idyll), in lauschigen Winkeln und Villen darin (Tiergartenviertel), in gewissen Straßenbildern (Kanal mit Brücken und schöner Baumeinfassung am Lützow-Ufer oder manche Straße im Bayerischen Viertel mit ausgeprägter neudeutscher und zugleich feiner Häuser-Architektur). Rein architektonisch ist Berlin allzu gegensätzlich und unruhig. Zu viel Hässliches im Baustil verdirbt ganze Straßen. Auch die historische Straße *Unter den Linden* leidet unter zu vielen gleichgültigen oder bösen Bauwerken. Sie ist geschichtlich interessant. Ihr entspricht die 5. Avenue in New York, die Dollarkönigstraße, die in ihrem privaten Teile schöner als *Unter den Linden*, in ihrem Geschäftsteil dafür hässlicher ist. In New York jedoch sind die schönen Einzelheiten des Stadtbildes noch seltener. Das liegt hauptsächlich an der Eingezwängtheit der Stadt zwischen zwei Flüssen. Daher fehlt ihr alles

Weite und Luftige, das Grüne und Blumige, fehlen ihr die schönen Plätze. Alles steht eng zusammengequetscht, und nur das Nötigste geschieht für die Reinlichkeit der Stadt, damit die Taschen der Politiker gefüllt bleiben. Einen eigenen Baustil hat New York (und Amerika) überhaupt nicht. Man baut jetzt in den vornehmen Vierteln mit Vorliebe in italienischer und in französischer Renaissance, zum Glück oft recht geschmackvoll. Auch die Wolkenkratzer zeigen in ihren glücklicheren Typen die Anlehnung an fremde Stile, fallen aber aus der Umgebung meistens grotesk heraus. Was noch an architektonischer Wirkung übrigbleibt, ist eine einzige gleichartige Steinmasse von fürchterlicher Eintönigkeit. Nur wenige Oasen hat diese Stein-Wüste – wie die vornehme Straße hoch oben am North River mit den schönen Uferanlagen und Bäumen (sie heißt Riverside Drive) und die nahe, baumgeschmückte Westend-Avenue; die sind wirklich reizvoll. Das Ungleiche und Gegensätzliche, das beide Weltstädte kennzeichnet, erstreckt sich selbst bis auf die Denkmäler. Aber auch hier hat Berlin den Vorrang. Es hat weniger hässliche als New York.

Das reine, das geräumige, das luftige, das grüne und das blumige Berlin – das ist das schöne Berlin. Daneben gibt es ein angenehmes Berlin, das heißt ein Berlin, das unzählige Annehmlichkeiten des Lebens bietet. Manche davon kennt New York nicht, wie Berlins billige Restaurants, in denen man besser isst als in New York. Sogar Selterwasser oder Limonade zum Essen kann man heute in Berlin haben, ohne vom Kellner und Wirt als verdächtige Persönlichkeit betrachtet zu werden. Die »Hausmannskost« gibt es in New Yorker Restaurants überhaupt nicht. Ich kenne einen Deutschen, der lange Jahre in Amerika W (übrigens nicht die feinste Gegend) gelebt hatte und auf einige Monate nach Berlin gekommen war. So oft ich ihn im Restaurant traf, schwelgte er leuchtenden Auges in Bouillon-Kartoffeln mit Rinderbrust und Meerrettich oder in Erbsen mit Pökelfleisch und Sauerkraut oder in Bratwurst mit Quetschkartoffeln und Rotkohl oder in sauren Kartoffeln mit Wiener Wurst, in Backobst mit Klößen und Speck und ähnlichen Delikatessen. »Ach, wenn ich das drüben hätte!« erklärte er seufzend. Zum Dessert ließ er sich in einem der amerikanischen Schuhläden der Friedrichstraße auf einem echten amerikanischen Putzstuhl von einem echten amerikanischen Schwarzen auf echt amerikanische Art die Stiefel putzen, las unterdessen in den bereitliegenden amerikanischen Magazinen und war der glücklichste aller Sterblichen. Was für seltsame Kombinationen das Glück zuwege bringt! Und die Cafés! Ich halte das Café schlankweg für einen Kulturbeweis. Es ist das reizvolle Stelldichein gebildeter Menschen, Fremder und Einheimischer, die auch inmitten der Berufshast einen Augenblick bei ihrer Zeitung oder im Gespräch mit Bekannten verschnaufen wollen. Wir haben in New York nur etwa zwei Cafés, und die sind auch nur ein schwacher Abklatsch eines deutschen oder europäischen Cafés. Nur wenige Menschen sind dort zu finden, die bei einer Tasse Kaffee ihre Zeitung lesen. Das Kulturelle der Muße kennt der an Dollaritis leidende New Yorker nicht. Was in New York Café heißt, ist eine Kneipe, wo man Whisky trinkt und auf den Boden spuckt.

Für mich hat ein europäisches Café sogar etwas von einem Theater, und wer Sinn für Humor hat, wird dort ganze Possen oder Schwanke erleben oder wie in einem Kinematographen-Theater die drolligsten Figuren an sich vorüberziehen sehen. Ich setze mich in eine Sofaecke, bestelle mir meinen Kaffee, zünde mir eine Zigarette an, und die

Vorstellung beginnt. Da erscheinen die beiden alten Damen, die den Besuch des Cafés als das Ereignis des Tages behandeln. Nachdem ihnen der »Ober« aus den Mänteln geholfen hat, setzen sie sich behutsam immer an denselben Tisch. Dann ziehen sie ihre Handschuhe aus, die sie feierlich in die Handtasche tun, dann nehmen sie dicke Wattepfropfen aus den Ohren, die sie ebenfalls feierlich in die Handtasche tun, dann entnehmen sie der Handtasche ihre Brillen, die sie bedächtig putzen und aufsetzen, und nun vertiefen sie sich in »Gartenlaube« und »Fliegende Blätter«. Oder die Börsenleute kommen und geraten sich über ihre jüngsten Spekulationen in die wenigen noch vorhandenen

Haare. Oder Schauspieler erzählen von ihren beispiellosen Triumphen und der erschrecklich überhandnehmenden Dummheit der Theater-Kritiker. Oder getreue Freundinnen haben heftige Auseinandersetzungen darüber, welche von ihnen den besten Mann habe. Die zuerst nach Hause geht – deren Mann ergeht es bitter schlecht. »Na, was die sich einbildet – neulich komme ich zu Siechen. Wer sitzt da mit einer hübschen Blondine in einer Ecke? – Ihr Hugo. Mit dem kann sie och keene Torte verzieren!« Und einmal bin ich sogar von einer entrüsteten Frau, die von den anderen als »fett« bezeichnet worden war, zum Sachverständigen ernannt worden, ob sie die Bezeichnung wirklich verdiene. Welch herzerquickende Gemütlichkeit herrscht in so einem Café! Aber man sollte für ein Extrakännchen heißes Wasser zum Tee nicht 10 Pfennig berechnen. Das stört die Gemütlichkeit. Ein Freund von mir aus Missouri war darüber so empört, dass er zwei Hörnchen aß und dem »Ober« nicht bezahlte. In solchen Fällen erwacht der Indianer in dem Yankee. Wenn er dem kleinlichen Wirt den Skalp nicht nehmen kann, nimmt er ihm die Hörnchen. Aber der Gipfel der Gemütlichkeit ist erst erreicht, wenn ich nach so und so viel Groschen Trinkgeld mein Examen als Stammtischler bestanden habe. Dann schließen mich sämtliche »Ober« in ihr Herz, dann beehrt mich die üppige Büfettdame mit ihrem Lächeln, dann darf ich Fenster nach Belieben öffnen und schließen lassen, dann entreißt der Zeitungskellner dem Provinzialen die Zeitung, die ich zu lesen wünsche, dann erwartet mich zu Weihnachten, wie ich höre, eine elegante Brieftasche, die mir der »Direktor« mit einer Verbeugung in einer dunklen Ecke überreicht.

2. ENTDECKUNG

Berlin als Geschäftsstadt – Die Kunst, am Sonntag Pfannkuchen zu kaufen – Spree-Athens Fortschrittlichkeit – Straßenbahn und Eisbeine – Neuzeitliche Wohnungen – Das Familienbad und die Romantik des Müllschluckers * * * * * * * * * * * * * *

Berlin ist geschäftlich genau so regsam und so rastlos wie New York; zweitens ist es fortschrittlicher (rein städtisch gedacht) als die Weltstadt am Hudson. Wie in New York in der Frühe die Dollarjäger aller Grade, von den Kapitänen der Industrie bis herab zu den gemeinen Soldaten, in Bataillonen zu der Jagd auf den Dollar ziehen, zu Fuß und zu Wagen, so ziehen in Berlin die Markjäger auf die Markjagd. Und sie sind Virtuosen darin – genau wie in New York.

Ich kam an einem Sonntag um 3 Uhr in eine Konditorei und verlangte Pfannkuchen.

»Wir haben keine!« erwiderte lächelnd die Verkäuferin.

Ich, erstaunt: »Aber da liegen ja ganze Berge!«

Sie, lächelnd: »Ja, die sind für Gäste; verkaufen dürfen wir nach 2 Uhr nicht mehr.«

Der Geschäftsführer, milde: »Wie viel Pfannkuchen wünscht denn der Herr?«

Ich: »Acht Stück!«

Der Geschäftsführer, ganz milde: »Das lässt sich machen. Setzen Sie sich hin, bestellen Sie neun Pfannkuchen, essen Sie einen davon, und lassen Sie sich die anderen einpacken. Oder – gehen Sie wieder zu dem Fräulein und ersuchen sie um die acht Pfannkuchen, die Sie gestern bestellt haben.«

Ich, nachdem mir ein Licht aufgegangen ist: »Ausgezeichnet! Danke verbindlichst! Fräulein – ich meine die acht Pfannkuchen, die ich gestern bestellt habe.«

Sie, durchtrieben lachend: »Ach so – das ist etwas anderes!« Und ich zog mit meinen Pfannkuchen ab.

Das ist geschäftliche Virtuosität erster Klasse, die mir schmunzelnde Hochachtung abnötigte. Ich dachte an das belegte Butterbrot, das in den New Yorker Restaurants am Sonntag dem Durstigen zu Bier oder Whisky hingestellt wird, auf Kosten des Wirts, weil dieser nach dem Gesetz Alkohol am Sonntag nur zu einer Mahlzeit abgeben darf. Der höchste amerikanische Gerichtshof hat nämlich entschieden, dass ein belegtes Butterbrot eine »Mahlzeit« ist. Niemand isst es freilich, weil es von einem Tisch zum anderen wandert. Der New Yorker und der Berliner können geschäftlich Brüderschaft trinken. Gibt es in Berlin nicht »Schieber« und »Geschobene« (du glaubst zu schieben, und du wirst geschoben)? Was ich von allerlei »Schiebungen« gehört habe, kann der geriebenste New Yorker »Schieber« nicht besser machen. Ich könnte himmlische Schiebergeschichten erzählen. Aber ich werde mich hüten. Ich warne Neugierige! Man braucht nur das Berliner Straßenbild zu beobachten, um sehr bald den Eindruck zu gewinnen: Hier braust New Yorker Leben. Ich kenne keine Geschäftsstraße in New York, wo die Menge in größerer Dichtheit und Gedrängtheit sich dahin wälzt als etwa am Potsdamer Platz, in der Leipziger Straße, in der Friedrichstraße und an vielen anderen Orten. Und dann die frische, sprudelnde Lebendigkeit, das Fortschrittliche im rein Städtischen, von dem ich sprach. Es springt niemand mehr in die Augen, als dem Menschen, der aus New York kommt,

der munizipal rückständigs-
ten aller Weltstädte. New York
kennt nicht Berlins Reinlichkeit der Straßen oder ihre Beleuchtung, überhaupt nicht
seine musterhafte Verwaltung.
Und sollte man's glauben, dass die
New Yorker Feuerwehr und die New
Yorker Post, die beide vorzügliche
Einrichtungen sind, trotzdem noch
keine Automobile im Dienst verwen-
den? Und die Polizei beider Städte?
In New York sind die Polizisten noch
stattlicher und noch dicker als in Ber-
lin, aber ihre Schmerbäuche verdanken sie den berühmten
»Nebeneinnahmen«, die sie sich allenthalben, namentlich
von Wirten und übel berufenen Häusern, beschaffen. Der
Schmerbauch des Berliner Polizisten ist ehrlich erworben,
mit Erbsen und Pökelfleisch oder Weißkohl mit Hammel-
fleisch.

Gewiss, in New York sind die »Blauröcke« (Bluecoats)
sehr nette, liebenswürdige Leute. Man kann so einem
blauen Riesen als Bekannter ruhig auf den breiten Rücken
schlagen, dass es knallt, ihm lächelnd die Hand reichen
und sagen: »Nun, Karlchen, wie geht's?« Das blaue Karlchen nimmt das ganz liebenswürdig auf. Ich weiß nicht,
ob man das auch in Berlin kann. Vielleicht versucht's mal
jemand und teilt mir schriftlich das Ergebnis mit. Sicherlich ist der Berliner Polizist eine ebenso nützliche wie angenehme Verzierung der Straße. Ich wenigstens fand ihn
allemal freundlich und hilfsbereit. Er hat mir oft genug
mitten auf dem Fahrdamm mit engelhafter Geduld aus

seinem Taschenplan Straßen im dunkelsten Berlin gesucht. Nein, auf den Berliner Schutzmann von heute lasse ich nichts kommen, selbst wenn er einmal unsanft wird. Das kann »Karlchen« in New York noch viel mehr werden. Wenn »Karlchen« einen souveränen Bürger anherrscht »Move on«, und er geht nicht sofort weiter, so spürt er den schmerzhaften Buchsbaumknüttel in den Rippen. An der Friedrichstraße habe ich schon aus Schutzmannsmund gehört: »Aber meine Herrschaften, halten Sie doch das ›Trittoar‹ frei. Es kann ja keiner durch!« Nur eine sehr hübsche New Yorker Polizistensitte vermisse ich in Berlin. Wenn am Broadway oder an einer anderen gefährlichen Straßenkreuzung in New York Damen oder Kinder über den Damm wollen, so hält der Polizist mit majestätisch erhobenem Zeigefinger alle Wagen an und geleitet die Dame oder die Kinder von der einen Seite sicher an die andere; so ungefähr wie Moses die Kinder Israel durch das Rote Meer geleitete. Es ist ein überaus reizender Anblick, wenn das blaue »Karlchen« so eine ängstliche Großmama oder ein schönes, zartes Dollarprinzesschen oder zwei kleine Knirpse am Arm nimmt und ruhig durch die Brandung des Verkehrs steuert. Das sollte auch in Berlin so sein.

Was ließe sich nicht noch über städtischen Fortschritt in der Preußenmetropole sagen! Zum Beispiel über die Müllabfuhr, die in New York geradezu alttestamentarisch ist und die Verzweiflung aller Fortschrittlichen bildet, besonders der Hausfrauen. Alle Abfälle werden in New York vor die Türe gestellt, in zerbeulten Blecheimern. In den Küchenabfällen wühlen die Katzen und Hunde, ehe der städtische Kärrner sie in die offenen Wagen schüttet. Und die Asche fliegt beim gleichen Vorgang die halbe Straße herunter, den Leuten auf die Kleider oder in die offenen

Fenster hinein. Doch über all das will ich mich nicht in Einzelheiten verlieren. Nur die Berliner Straßenbahn kann sich mit der New Yorker nicht messen. Sie ist nicht so rasch, nicht so elegant, nicht so hell erleuchtet, nicht so warm im Winter. Die schlecht geheizten Wagen – das ist das grässlichste. Meine Eisbeine vom letzten Winter mögen an den Direktoren heimgesucht werden! Und noch nicht einmal Umsteigekarten hat die Berliner Straßenbahn bei einem solchen Straßenlabyrinth! Aber man sagte mir, um die Annehmlichkeiten dieser Bahn voll zu würdigen, müsste ich Aktionär werden. Und vor allen Dingen: Man kann aus der New Yorker Bahn viel mehr herausschlagen, weil sie mehr Leute überfährt und Schadenersatz zahlt. Das ist für einen Dollarmacher keine zu unterschätzende Nebeneinnahme und ein Balsam für alle Grobheiten der Schaffner, vorausgesetzt, dass der Beschädigte Geld genug hat, um lange mit der Straßenbahngesellschaft zu prozessieren.

Im allgemeinen, finde ich, lässt sich in Berlin für den Mann von Mitteln gut wohnen, zum Teil sogar wundervoll. New York als jüngere Stadt hat nur den Vorteil, dass der Komfort dort etwas gleichmäßiger verteilt ist. Gas, warmes Wasser und Bad sind dort selbst in billigeren Wohnungen zu haben und auch den Arbeitern zugänglich. Doch sind die Zimmer der Armen wie der Reichen eng und lichtlos. Die Wohlhabenden in den neuen Vierteln Berlins wohnen ohne Zweifel schöner als die reichen New Yorker. Sie haben vor dem New Yorker die breite Straße voraus, die grünen Bäume zu beiden Seiten, die gemütlichen, blumigen Balkone für den Sommer, die hübschen, gepflegten Gartenhöfe. In New York kennt man das alles nicht. Nur empfinde ich die Läden auch in den vornehmsten Berliner Häusern störend. Das gibt es in New York nicht. Eine gemeinsame

Errungenschaft dieser Häuser ist in beiden Weltstädten der Hauswart. In New York heißt er »Janitor«, in Berlin »Portier« (sprich Pochtjeh). Aber die Berliner Errungenschaft ist nicht der Tyrann wie sein New Yorker Kollege. Ich weiß von einem »Pochtjeh«, der es als gottgewollte Abhängigkeit betrachtet, ausgehenden Damen in der Portierloge die unerreichbaren Haken und Knöpfe der Bluse (zwischen den Schulterblättern) würdevoll zu schließen. Die Wohnungen selber sind an Eleganz und Komfort den gleichartigen Wohnungen in New York völlig ebenbürtig. Ist es ein Wunder, dass sich mancher W-Berliner des neuen Komforts freut und in der herrlichen, schneeigen Badewanne sogar Verwandte aus badewannlosen Vierteln (und Sonnabends sogar den Onkel aus Potsdam) baden lässt? Mir ist solcher Fall bekannt. Es gab fast eine Revolution in dem Hause mit dem allgemeinen, direkten und geheimen Baderecht, weil dadurch die anderen an heißem Wasser zu kurz kamen. In den Wohnungen des westlichsten Westens findet sich sogar manche Neuerung, die New York nicht hat, zum Beispiel die allgemeine Rollkammer, der Dachgarten oder gar der Müllschlucker in der Küche. Die Unschuld vom Lande ist vom Müllschlucker entzückt. Sie hat nur die eine Vorstellung, dass er nächst dem schmucken Vaterlandsverteidiger ihr aufrichtigster Freund und Lebenserleichterer ist. Wenn sie früher alle Abfälle der Küche mühsam heruntertragen musste, braucht sie sich jetzt nur an den Müllschlucker zu wenden. Sie klappt ihm den weiten Rachen auf – und herunterrutscht, was sie hineintut. Sie füttert ihn dreimal täglich: am Morgen von 6–9 mit Asche und Kehricht, von 10–4 mit Speiseabfällen, von 5–10 Uhr mit Papier, Flaschen und anderem. Alles schluckt er mit einer schweigenden, aber um so rührenderen Freundlichkeit, beinahe wie ihr Musketier. Sie begreift nicht, warum der arme Schlucker nicht auch ebenso bereitwillig alte Korsette schlucken sollte oder alte Regenschirme oder Hüte oder durchgebrannte Kochtöpfe oder alte Besen, und ist erstaunt, wenn ihm derlei Dinge im Halse stecken bleiben und nicht hinunter in den Magen gelangen. Dann beginnt ein grässliches Zetern in den Wohnungen weiter oben, und der »Pochtjeh« oder die Müllkutscher kommen und stochern dem armen Schlucker im Rachen herum oder ziehen die unverdaulichen Dinge wieder heraus. Davon spricht dann das ganze Haus, und es gibt einen herrlichen Gesprächsstoff. Friederike wird von der Gnädigen oder dem »Pochtjeh« ein Kalb genannt und bekommt eine neue Vorlesung zu hören über Müllschlucker und was sie nicht schlucken. Aber der Müllschlucker hat noch andere Vorzüge. Wenn Friederike mit Auguste im nächsten Stock oben oder unten das Neueste besprechen will, so braucht sie nur den Müllschlucker zu öffnen. Sie kann sich dann ganz gemütlich mit Auguste wie durch ein Sprachrohr unterhalten – über die neueste »Jemeinheit der Jnädijen«, die Trinkgelder vom Abend zuvor, den neuen Hut, das Konzert in Halensee, das sie mit »Justav jenossen hat«, von dem feinen wohlriechenden Herrn, der sie an der Ecke »anjequatscht« hat – und wovon sonst die holden Mädchen für alles plaudern. Welche Annehmlichkeit – voraus« gesetzt, dass unten im Keller, wo der Müllschlucker mündet, nicht schlecht gewordene Sardinen, Käsepapier oder schlechte Eier liegen. Ja sogar zum Austausch von Zärtlichkeiten zwischen Verliebten lässt sich dieser göttliche Müllschlucker gebrauchen. Dann öffnen sich sämtliche übrigen Müllschlucker in den Küchen, und lächelnde Gesichter horchen mit gespitzten Ohren, was die beiden sich zu erzählen haben. Oder wenn Friederike ihren Ausgehtag hat und Augustes Parfüm benutzen möchte, so lässt Auguste ihre Parfümflasche an einem Faden zu Friederike hinunter. Nur Eins bedauern die findigen Mägdlein wahrscheinlich: dass sie nicht auch den Liebsten durch den Müllschlucker hinauf: und hinunterlassen können. Aber auch der kleine Berlin-W-Junge hat schon entdeckt, dass der Müllschlucker ein Apparat mit unbegrenzten Möglichkeiten ist. Wie ich jüngst zu Bekannten kam, waren Hänschens und Fritzchens rosige Angesichter in Schmerz getaucht infolge von Bestrafung. Sie hatten die Katze der Frau Geheimrat in den Müllschlucker herunterrutschen lassen – durch sämtliche Stockwerke – direkt in sauren Wirsingkohl hinein.

Ja, im Müllschlucker-Viertel, da gibt's noch Romantik! Wann wird der Müllschlucker auf der Bühne erscheinen? Auch Bühnen-Dichter können viel aus ihm herausholen – sozusagen.

3. ENTDECKUNG

*Der verschwundene Weihnachtsmarkt – Weihnachten in New York und Berlin – Bescherung beim Onkel – Marie mit Maiglöckchenduft – Was die Zeitungsfrau und das Bäckermädchen zu Neujahr sang – Neujahrsbummel Unter den Linden * * * * * * ***

Auf eine Entdeckung war ich besonders gespannt: das Berliner Weihnachtsfest und die Berliner Neujahrsfeier. Würden sie noch den poesievollen Zauber besitzen, der mir aus meiner Kindheit in reizvoller Erinnerung war? Das Bild aus der Kindheit hatte ganz besondere Farben und Formen. Da lag Schnee auf den Stra-

ßen, und auf den Plätzen standen in langen Reihen grüne, harzduftige Tannenbäume, zwischen denen ich wandern konnte wie in einem Wald. Das war der Wald des Weihnachtsmannes mit dem langen, weißen Bart und dem dicken Pelz und dem geheimnisvollen Sack auf dem Rücken. Aber der wahre Inbegriff aller weihnachtlichen Wonne war der Weihnachtsmarkt auf dem Schloßplatz. Dort stand eine kleine Stadt aus gebrechlichen Buden, mit engen Gässchen, in der es furchtbar lustig herging trotz Schnee und Eis. Da herrschte ein Heidenlärm von Ausrufern und von tausenderlei Musik-Instrumenten für die Kinder, herrlich duftete es nach Pfefferkuchen, und der Glanz der tausenderlei bunten Herrlichkeiten, die da auslagen, blendete fast die weitgeöffneten Kinderaugen. Und die Eltern oder die Angehörigen genossen die Wanderung durch die feenhaften Gässchen mit wegen der Kinder und weil sie selber als Kinder mit rot gefrorenen Nasen und glänzenden Augen hier herumgewandert waren. Genau die gleiche Stimmung erfüllte das Heim wochenlang vor dem Feste. Überall spürten wir den Weihnachtsmann, auf den dunklen Treppen, in den dunklen Ecken, bei den vielen Paketen, die kamen und in geräumigen Schubladen verschwanden – bis der schier überirdische Kerzenglanz durch die weit geöffnete Tür strömte zum äußeren Zeichen, dass das Fest nun wirklich da war. War das alles noch so? Es musste köstlich sein, wenn es noch so war, denn New York hat keine weihnachtliche Poesie. Es hat keine Zeit dazu, es muss Dollars machen, immerzu, auch zu Weihnachten. Wo Sankt Dollarius herrscht, ist für Santa Claus, wie sie dort den Weihnachtsmann nennen, wenig Raum. In New York ist das Weihnachtsfest mehr ein verschwenderisches Schenken nach rechts und links, oft fehlt sogar der Tannenbaum. Ihn ersetzen nach holländisch-niederdeutscher Sitte Strümpfe, die die Kinder abends am Kamin aufhängen und die der Weihnachtsmann in der Nacht heimlich mit hübschen Sachen vollstopft, wenn er durch den Schornstein gekommen ist. Und fast immer ist die Witterung in New York gerade zu Weihnachten spätherbstlich, milde und schön. Just die Hauptsache fehlt dem New Yorker Weihnachtsfest: der echte Weihnachtszauber mit seinem Eis und Schnee und seinem Dämmerlicht und seinen tausend Erwartungen und Heimlichkeiten und Märchenhaftigkeiten und seinem – Gemüt. Wie war es im Berlin Wilhelms II.?

Eis und Schnee vermisste ich auch hier. Vor dem weltstädtischen Verkehr war der Weihnachtsmarkt und seine entzückende Poesie geflohen – weiter hinaus irgendwohin; weil er zu sehr »im Wege war«. Als der Weihnachtsmarkt ein Verkehrshindernis wurde, schob man ihn polizeilich ab. Hier und da nur fand ich die alten Weihnachtsbuden von ehemals, scheu in Ecken und Winkel gedrückt, gleichsam als ob sie fühlten, dass sie eigentlich nicht mehr am Platze waren. Eins war geblieben: der würzige Tannenwald in den Straßen und auf den Plätzen und das behagliche Weihnachtliche Dämmerlicht. Wie einst, konnte ich inmitten der Häuser zwischen grünen Tannen dahinwandern und ihren harzigen Geruch einatmen. Und überall war noch wie ehedem dasselbe Hasten und Drängen eiliger Menschen, die irgend etwas kaufen wollten oder gekauft hatten. Kurzum, die alte Berliner Weihnachts-Atmosphäre fand ich wieder, trotz der verschiedenen Dinge, die fehlten. Ich fand sie auch in den Häusern, in den Wohnungen, lange vor dem Heiligen Abend und am Heiligen Abend erst recht. Den Weihnachtsabend verbrachte ich beim Onkel, der früher in New York gelebt und als Fabrikant verschiedene Schäfchen ins Trockene gebracht hatte. Er war immer gut deutsch und ist es geblieben, auch in der Feier des Weihnachtsfestes. Vor der Bescherung war er mit dem Vetter in der Kirche gewesen. Das gehört bei ihm ebenso zum Heiligen Abend wie die Karpfen in Bier zu Mittag – das uralte echt Berliner Weihnachtsessen

und Silvesteressen. Und überall in der Wohnung duftete es nach dem Tannenbaum, der in der »guten Stube« im Erker stand, über und über mit Silberflitter und Lichtern geschmückt – sonst nichts. Die steckte der Onkel an – sehr feierlich. Dann setzte sich Vetter Karl ans Klavier und spielte »Stille Nacht, heilige Nacht«, das wir alle mitsingen mussten, und darauf kam »O du selige, o du fröhliche, gnadenbringende Weihnachtszeit«. So war's damals immer gewesen und so ist's auch heute noch. Nun erfolgte die Bescherung. Zuerst wurde Marie, das Mädchen für alles, gerufen. Die Tante führte sie an den weißgedeckten Tisch, wo all die Herrlichkeiten lagen. Da war für Marie Stoff zu einem Kleide, ein Hauskleid, ein Flanell-Unterrock, sechs Hemden, ein Fächer, eine Flasche »Parföng«, Marzipan aus Lübeck, Pfefferkuchen und vor allen Dingen klingender Mammon. Das war eine Freude für Marie, sie strahlte über das ganze rotbackige Gesicht. Das Parföng, erklärte sie, sei das Schönste. Woraus zu ersehen, dass ein Mädchen für alles seine Ideale für sich hat. Wahrscheinlich ist es ihr Ideal, so am Arme eines schönen Delikatessenverkäufers durch den Ballsaal zu flitzen und nach frischen Maiglöckchen zu duften. Auch ein rotbackiger Musketier ist nicht übel. Aber ich hörte, dass Marie höher hinaus will. Jedenfalls sollen ihr die Maiglöckchen dabei helfen. Denn so etwas ist das Kennzeichen einer feinen Dame. Feine Damen riechen schön. Beneidenswerte Menschen, die mit Maiglöckchen glücklich gemacht werden können! Sodann beschenkten wir anderen uns. Zuletzt blies Vetter Karl mit Hilfe eines Blaserohrs und Zeitungspapiers die Lichter aus, und im Nebenzimmer servierte Marie das Essen. Sie duftete bereits nach Maiglöckchen und sah ganz verklärt aus. Aber während wir aßen, erklangen gedämpft

über uns und unter uns abermals fromme Weihnachts-
lieder zu Klavierbegleitung – bei guten Nachbarn, denen
der Weihnachtsmann jetzt erst erschien. Und jubelnde
Kinderstimmen lösten den Gesang ab. Als ich durch die
einsamen nächtlichen Straßen nach Hause wanderte, sah
ich allemhalben noch hellen Lichterglanz an Weihnachts-
bäumen. Am nächsten Morgen schmetterten im Hause
Kindertrompeten und rasselten Kindertrommeln. Auf der
Straße aber stand ein kleines flachsblondes Kerlchen in
Husarenuniform mit einem Säbel an der Seite und nahm
die Huldigungen von zwei kleinen Mädchen entgegen, von
denen ihm eine vor Entzücken ihren halben Pfefferkuchen
überreichte. O du fröhliche, o du selige, gnadenbringende
Weihnachtszeit! Du bist das wirklich noch in Berlin und –
in Deutschland!

In New York gibt es nur einen einzigen richtigen Weih-
nachtsfeiertag, und dann setzt die Dollarjagd sofort wieder ein. In Berlin dauert das Fest noch heute bis zum neu-
en Jahr – für die Kinder sicherlich, und auf diese allein
kommt's ja an. Die zweite Frage war zu beantworten: Wie
feiert das Berlin Wilhelms II. das Ende des alten und den
Beginn des neuen Jahres? Genau genommen, fand ich wenig Unterschied in der Feier zwischen New York und Berlin. Dort wie hier der gleiche »Radau« (um berlinisch zu
reden) auf den Straßen. Was sich in New York am Broadway abspielt, spielte sich hier in der Friedrichstraße und
Unter den Linden ab. Wie viele Geschäfte auf dem Broadway am 31. Dezember ihre Türen und Schaufenster mit
Bretterverschlägen zum Schutze gegen die Radaubrüder
vernageln, so machen sie's in Berlin in der erwähnten Gegend auch. Manche Berliner Cafés und Restaurants schließen beim Jahreswechsel völlig. Die Weinseligen haben frü-

her so viel zerschlagen und zerbrochen, dass der Verlust dadurch für den Inhaber größer war als die Einnahmen. Und hier komme ich auf den einen großen Unterschied zwischen der Berliner und New Yorker Neujahrsfeier: in New York sind sie bei aller Ausgelassenheit gutmütiger und zeigen mehr Selbstbeherrschung, in Berlin tritt zu viel Rohheit zutage. Es ist merkwürdig, wie wenig sich Berlin darin geändert hat. Manche behaupten sogar, es sei noch schlimmer geworden, seit die Stadt so über Nacht ins Riesenhafte gewachsen ist. Ich selbst habe das alte Jahr bei Bekannten rausgeschmissen (wie mein Barbier sich ausdrückte) mit dem üblichen Punsch und Pfannkuchen, dem Heringssalat und Bleigießen und allerlei niedlichen Silvesterscherzen, als da sind: allerhand kleine Fische, Krüge, Körbchen, Stiefel aus Blei, die innen hohl sind und

kleine Zettel mit gedruckten Prophezeiungen für die Zukunft enthalten. Das Blei wurde zum Gießen benutzt. Ich habe mir ein Schloss ergossen mit einem wunderschönen Garten drum herum und eine dicke Automobilkutsche darin. Das bedeutete jedenfalls fette Honorare. Dann waren da hohle Nüsse mit allerhand winzigen Ankern, Herzen, Kleeblättern und Babys drin, falsche Pfannkuchen mit Salz bestreut und Papierschnitzeln gefüllt, die unter die echten gemischt werden, kleine Hüte, die angezündet werden, explodieren und die ganze Gesellschaft mit Konfetti (bunten Papierstückchen) überschütten. Und dazu brannte noch einmal der Weihnachtsbaum.

Am nächsten Tage kamen, genau wie in New York, die Gratulanten – als erster der fürchterliche Neujahrskater. Mich hatte er diesmal verschont. Dann kam der Pförtner. Danach kamen die Briefträger, ihrer vier mit dem Geldbriefträger. Es ist ihnen amtlich untersagt, zu Neujahr zu gratulieren (in New York tun sie's), aber sie erhalten ihr Neujahrsgeld trotzdem. Denn auch sie vermögen einem Menschen unendlich viel besondere Gefälligkeiten zu erweisen; und dann sind sie wirklich die angenehmsten und freundlichsten Beamten, die man sich vorstellen kann. Ihnen folgte der Müllkutscher, der im Keller Müllschlucker-Abfälle entfernt, auch ein wichtiger Herr und unendlich netter als sein New Yorker Kollege. Das niedliche Bäckermädchen überreichte sogar einen auf blauem Papier gedruckten gereimten Glückwunsch, dessen erster Vers lautete:

Bei jener Fleischnot, die wir jetzt haben,
Ist's noch ein Glück, dass es billige Schrippen gibt,
Denn Knüppel, Hörnchen, kurz, des Bäckers Gaben,
Sind doch bei jedermann mit Recht beliebt.

Freilich war das Bäckermädchen nicht so ganz sicher, ob das Backwerk billig bleibt, denn »der Staat braucht immer mehr Steuern«. Daher sang es philosophisch zum Schluss:

Wer weiß, was uns die künft'gen Zeiten bringen!
Mein Wunsch für Euch, er werde künftig wahr,
Mög' er empor zum Sternenzelte dringen,
Nur Glück und Heil bring' Euch das neue Jahr!

Aber das Bäckermädchen wurde weit überflügelt von dem Milchmädchen. Sie rückte mit einem hellgelben Zettel an, der einen ebenso kurzen wie ungereimten Glückwunsch enthielt. Er lautete von Anfang bis Ende:

Wer nie den Kaffee schwarz genossen,
Wem nie die Sahne früh gefehlt,
Der weiß es nicht, wie solch ein Frühstück,
Drum Heil den Kühen, deren Milch uns
So wohl bekommt, so gut uns tut,
Und Heil uns Mädchen, die sie bringen.
Ihr seid uns doch gewisslich gut.
Auch in dem Jahr, das neu beginnt,
Versprechen pünktlich wir zu sein,
Und wünschen Euch für alle Tage
Des Lebens schönsten Sonnenschein.
        — Dargebracht vom Milchmädchen.

In New York dichten weder die Milchmädchen noch die Bäckermädchen.

Am ersten Neujahrs-Feiertag war ich mit ganz Berlin auf den Straßen. Es war der große Katerbummel nach der Silvesternacht, der auch in New York eine geheiligte Einrichtung geworden ist. Das Wetter war schön, und auf der Straße *Unter den Linden* drängten die Menschen in dichten Scharen. Noch flatterten an den Zweigen der Bäume die langen, bunten Papierstreifen, die von den Übermütigen der Neujahrsnacht aus den Fenstern oder vom Deck der Omnibusse auf Straßen-Passanten herabgeworfen worden waren. Wie wenn phantastische, tropische Schlingpflanzen an den Bäumen hingen – so sah es aus. Der Kaiser kam in seinem Automobil daher. Die Menge grüßte respektvoll. Aber gerade als die Herren die Hüte abnahmen, steckte des Kaisers große Dogge den Kopf zum offenen Wagenfenster hinaus und es erhob sich ein schallendes Gelächter. »Na dir hab' ick nich jejrißt!« erklang eine empörte Männerstimme, und das Gelächter erneute sich. »Das neue Jahr fängt ja lustig an!« bemerkte mein Nachbar. »Eine gute Vorbedeutung für Kaisers und uns alle!«

4. ENTDECKUNG

Theater in New York und Berlin – Wie der Berliner billig ins Theater kommt – Berlins Symphonie der Lebenslust – Die Kurfürstendammer – Bei den Stimmrechts-Löwinnen mit den Samtpfötchen * * * * * * * * * *

In New York, wo der Dollar fließt, herrscht eine heftige Vergnügungssucht. Aber sie bleibt weit zurück hinter der Vergnügungssucht Berlins, wo die Mark tröpfelt. Das erklärt sich aus einer alten Rassen-Verschiedenheit (bei aller sonstigen Verwandtschaft) zwischen Deutschen und Angelsachsen oder Angelsächslingen, wie man die Amerikaner nennen könnte. Von jeher nämlich hat der Deutsche die Kunst, mit wenig Mitteln das Leben zu genießen, besser verstanden als der Angelsachse. Daher die vielen Musiklokale in Berlin, wo Familien bei einigen Gläsern Bier oder der Tasse Kaffee nebst mitgebrachtem Kuchen stundenlang Pietro Mascagni und Paul Lincke andächtig genießen. Der richtige Berliner huldigt auch beim Vergnügen dem Grundsatz: Gut, viel und billig. Das wäre in New York nicht gut möglich! Dort sind die Vergnügungen teurer, auch für die weniger Bemittelten, und es kommt die Sucht hinzu, das Geld leichtsinnig springen zu lassen. Nur der Theaterbesuch ist in den besseren New Yorker Theatern billiger als in Berlin – im Verhältnis. Dort kosten die besten Plätze 2 oder 2½ Dollar, die der New Yorker ungefähr so leicht ausgibt wie der Berliner 4 Mark. Dafür ist aber in Berlin ein Platz in den ersten Reihen des Parketts eines tonangebenden Theaters nicht zu haben. In

Berlin erhöht sich der Preis für den Eintritt sogar noch bedeutend durch die Abgaben für Garderobe und Theaterzettel, die New York nicht kennt, oder durch die komische »Vorkaufsgebühr«, die New York erst recht nicht kennt. Keinem New Yorker würde es einfallen, einen höheren Preis dafür zu zahlen, dass er seine Platzkarte früher ersteht. Er betrachtet das vielmehr als einen geschäftlichen Vorteil des Direktors, für den dieser dem Käufer dankbar sein muss: gewissermaßen als eine Gewähr für eine gute Kasseneinnahme. Viel eher würde er erwarten, dass ihm die vorher an der Kasse erstandene Karte billiger verkauft wird. Zum Glück wird auch in solchen Dingen in Berlin nicht so heiß gegessen wie gekocht wird. Der Berliner weiß, dass es zweierlei Theaterpreise gibt: einen höheren an der Kasse für die Fremden (wahrscheinlich zur Hebung des Fremdenverkehrs) und einen billigeren auf Umwegen für ihn. Ja, die ganz Eingeweihten betrachten sogar schon die »Billettsteuer« als den gottgewollten Eintrittspreis und völlig genügend, um dafür den auserlesensten Theatergenuss zu erwarten. So weit ist man in New York doch noch nicht. Da gibt es noch Theaterbesucher, die an der Kasse den daneben angezeigten Preis bezahlen. Auch der Konzertbesucher ist in New York noch nicht so hoffnungslos verfreibergert wie in Berlin, wo demnächst wohl der Besucher noch Bezahlung oder wenigstens eine Anweisung auf einen neuen Schlips verlangen wird dafür, dass er überhaupt ein Konzert weniger bekannter Künstler besucht. Immerhin – im Konzertsaal bereiten sich auch in New York durch die erschrecklich anschwellende Zahl der Konzertgeber ähnliche Verhältnisse wie in Berlin vor. Während New York musikalische Genüsse bietet, die an Güte in nichts hinter Berlin zurückstehen, stehen die dramatischen Darbietungen in Berlin vielfach weit über New York, namentlich im ernsteren Drama, schon deshalb, weil es eine ernsthafte dramatische Literatur in Dollarika noch nicht gibt. Es ist alles mehr oder minder Melodrama, auf die Frauen und die Frommen zugeschnitten und ihren puritanisch-rückständigen Kunstgeschmack. Dafür freilich stören des New Yorkers Seelenruhe auch nicht die erotischen Unzweideutigkeiten und Verstiegenheiten, die in Berlin ein dankbares Publikum finden. Trotzdem macht sich auch auf der Berliner Bühne eine Neigung zur Verflachung bemerkbar, die ganz an New Yorker Verhältnisse erinnert. Ein großer Teil des Publikums ist mit den allerharmlosesten Arten heiterer dramatischer Unterhaltung zufrieden, ohne Zweifel aus genau denselben Gründen wie in New York: der schwer arbeitende Weltstädter will im Theater wiehern oder mindestens lachen. In dieser Bezie-

hung vernewyorkert Berlin, wie es scheint, unaufhaltsam. In der Ausstattung bietet die New Yorker Bühne vieles, was großartiger ist als in Berlin. Doch die darstellerischen Leistungen sind wieder in Berlin besser. Die Hudson-Metropole kann den Reinhardtschen Theatern, dem Lessingtheater oder dem Königlichen Schauspielhaus keine künstlerisch gleichbedeutenden Vereinigungen von Darstellern an die Seite stellen. Das ermöglicht schon nicht das unkünstlerische amerikanische »Star-System«, das allen darstellerischen Glanz möglichst von dem »Stern« ausstrahlen lässt.

Bei dem gut bürgerlichen New Yorker, besonders dem Familienvater, endet der Kunstabend gewöhnlich mit dem Schluss des Theaters oder Konzerts. Wenn er noch in ein Restaurant geht, so verweilt er dort nur kurze Zeit und nimmt nur wenig zu sich. Meist sind es Pärchen harmloser Art oder aus der Lebewelt, die nach der Vorstellung noch ein Restaurant aufsuchen. Bei dem Berliner dagegen scheint alle Kunst auf den Magen zu wirken. Er isst vor dem Theater zu Hause, in den Pausen am Theater« Büfett, nach dem Theater in einem Restaurant. Ein Student erzählte mir, er könne fünfaktige Stücke nur vertragen, weil er in vier Pausen etwas zu sich nehmen könne. Und ziehen nicht Unzählige nach dem Restaurant noch frohgemut in ein Kabarett oder ein Nachtlokal oder ein Nachtcafé, wo geigende »Kanonen« Parterre-Akrobatik treiben und Eugen Ysaye bald um alle Kundschaft bringen werden, wenn er sich im Nikisch-Konzert nicht zu ähnlichen Modernisierungen herbeilässt? Kabarett und Nachtcafé sind für den Berliner gewissermaßen das Theater-Dessert. Auch das Vergnügen genießt er gern als Menü gleich in mehreren Gängen. In New York, wo es keine Cafés gibt, fehlt auch das richtige Nacht-Café und das Kabarett erst recht. Wenn das Kabarett käme, würde es jedenfalls auch wieder »limonadisiert« werden, damit es vor dem obersten gestrengen Sitten-Gerichtshof der Frauen und der Frommen Gnade fände. Womit ich nicht sagen will, dass mich das Berliner Kabarett entzückte. Im Gegenteil, es hat mir von neuem bewiesen, dass Wolzogen durch seine Erfindung an den »Brettlstab« gebracht wurde, weil sie in Berlin ein Unding ist. Berlins richtiges Überbrettl ist der »grobe Gottlieb«, der die neugierige, würdige Doktorsgattin von außerhalb mit den Worten begrüßt: »Na, Juste, haben sie dir ooch mal gelüftet?« und dem kahlköpfigen Gast unter dem Jubel der anderen zunächst eine prachtvolle Perücke aufstülpt.

Riesengroß ist der Durst des Berliners nach Lebensgenuss. Daher die Weinpaläste, Bierpaläste und jetzt auch noch die Kaffee-Paläste mit 14 großen Sälen und 60 Billards. New York hat solche Paläste nicht, weil der New Yorker kein Weintrinker ist, kein richtiger Biertrinker oder Kaffeetrinker, sondern ein Liebhaber der Häuslichkeit. Zumal am Sonntag will er zu Hause sein, vor allem zu Hause essen nach guter, alter Puritaner-Sitte.

Aber wann schläft der Berliner? Für den Fremden aus dem Dollarlande bleibt das ein ungelöstes Rätsel. Nach Mitternacht ist der Broadway tot – in der Friedrichstraße hört das Leben überhaupt nicht auf, rauschen noch am frühen Morgen die Akkorde einer gewaltigen Sinfonie fast bachantischer Lebenslust.

Auch zwischen den privaten vier Wänden ist diese Sinfonie vernehmbar, die das spartanische Berlin aus Großvaters Tagen nicht kannte. Übrigens gibt es diese Spree-Spartaner noch heute. Sie geben nur nicht mehr den Ton an. Die Entwicklung zur Weltstadt hat auch die weltstädtischen Gesellschaften gebracht, wo der neugebackene Weltstädter von Mitteln mit den anderen Weltstädtern wetteifern will. Und es ist ihm glänzend gelungen. Am Kurfürstendamm erscheint der Gast zum Diner im feierlichen Frack, die Gattin in großem Abend-Kostüm (genau wie in London, Paris oder New York). Ihre Manieren sind tadellos. Das Essen ist vorzüglich. Und es geht bei diesen Gesellschaften interessanter und zwangloser her als an der 5. Avenue oder der aristokratischen »Westseite« New Yorks. Dort ist das Essen schlecht oder mittelmäßig, wenn die Köchin keine Deutsche oder Französin ist. Dabei kann es dem europäischen Gast bei intimeren Diners widerfahren, dass die wasserwütige Hausfrau ihm alle alkoholhaltigen Getränke versagt und ihn mit Eiswasser tränkt. Am Kurfürstendamm und Umgegend verwendet der Gastgeber sogar berufene Künstler, um durch ein Lied von Strauß oder eine Ballade von Münchhausen die Verdauung des Gastes zu erleichtern. Das gestatten sich in New York nur die Dollarkönige. Dabei bleibt dem New Yorker Gast der sinnlose Tribut an das holdselig lächelnde Mägdlein erspart, das ihm die Haustür aufschließt. Noch angenehmer finde ich nachmittags die »Tees«, die um 5 Uhr beginnen, langsam in ein kaltes Abendessen übergehen und manchmal in der Nacht enden, und die noch ungezwungener sind als alle ähnlichen häuslichen Vergnügungen. In New York erfordert der gute Ton, dass sich der Teegast vor dem Abendessen unter allen Umständen entfernt, ungefähr zwischen 6 und 7 Uhr. Auch bietet der »Five o'clock tea« in New York nicht eine solche Fülle kulinarischer Genüsse wie in einem wohlhabenden Berliner Hause. Tee, vielleicht noch Schokolade, etwas Kuchen oder das unvermeidliche Speise-Eis (Ice Cream) betrachtet die New Yorker Dame gewöhnlich als genügend. Ich betonte schon, dass das Essen im Leben des Amerikaners nicht im entferntesten die Rolle spielt wie im Leben des Deutschen. Und zwischendurch habe ich mir allerhand Vereine und Klubs angesehen, von ganz »bürgerlichen« bis hinauf zum »Salon«, wo Exzellenzen allsonntäglich den »Conferencier« spielen und die ganz Vornehmen der Geburt und der Mark, auf goldenen Stühlen sitzend und von galonierten Dienern in Kniehosen bedient, an Bozena Bradski naschen oder sonst wie verschämt überbrettln. Auch ein Zeichen unserer Zeit! Der Zweck dieser Zusammenkünfte ist laut der Versicherung des »Conferencier«, dass die Gäste sich gesellschaftlich nähern sollen. Eine vortreffliche Idee und voll schöner Aussichten, sobald erst die norddeutsche Steifheit im Umgang gänzlich überwunden ist und der Wähler erster Klasse einträchtiglich beim Wähler zweiter Klasse sitzt. Eine besonders reizvolle Entdeckung waren aber für mich die Frauenklubs, wo die weibliche Intelligenz in blendendem Licht erstrahlt und den Mann vielfach als die Wurzel alles Übels betrachtet; genau so ist es in New York. Offen gestanden, betrat ich etwas zaghaft die Höhlen der Löwinnen; aber sie empfingen den Mann gleichsam schnurrend und mit scheinbar krallenlosen Samtpfötchen. Und diese Samtpfötchen spendeten auserlesene Männeratzung: belegte Brötchen in Regimentern, schäumendes Münchener Bier in Bottichen, Speiseeis in Bergen. Ja, in einem Klub wurde mir ein echtes amerikanisches Roastbeef serviert, das nicht von schlechten Rinder-Eltern war, und eine himmlische saure Gurke und echter russischer Tee aus einem echt russischen Samowar, aufgegossen von einer liebenswürdigen Deutsch-Russin. Seltsam – die anheimelnde Atmosphäre echt deutscher Hausfraulichkeit (»hier dürfen Familien Kaffee kochen«) ist auch da noch vorhanden, wo die deutsche Suffragette im Klubsessel behaglich ihre Zigarre raucht.

Besonders reizvoll erschienen mir die Vortragsabende in den Frauen-Klubs, die immer etwas Wertvolles boten – bald in künstlerischer, bald in belehrender Form, mit dem lumpigen Mann (wie die emanzipierte oder ehemannzipierte Amerikanerin sich ausdrückt) als malerischen Hintergrund. Ich bestieg gelegentlich selber das Vortrags-Podium und machte die weitere Entdeckung, dass die »Intellektuelle« ein bewundernswert feines Verständnis für Humor hat. Schade nur, dass Berlin nicht (wie New York) seinen weiblichen Anti-Suffragetten-Klub hat. Das würde das weibliche Klubleben entzückend beleben!

5. ENTDECKUNG

Der Berliner verglichen mit dem New Yorker – Des Berliners Angst vor dem Hungertod – Vom Frühstück im Straßenbahnwagen – Altmodische Berliner, verbauchte Berliner, säuerliche Berliner, Alltags- und Sonntags-Berliner * * * * * * * * * * * * * * * * * *

Die ungeheure Gegensätzlichkeit der beiden Riesenbabys unter den Weltstädten, New York und Berlin, spiegelt sich am schärfsten in der Bevölkerung. In New York ist die Bevölkerung viel einheitlicher, wobei ich von den täglich frisch zuströmenden Einwanderern absehe; ich meine die eingeborene Bevölkerung. Körperlich und geistig sind die Männer einander fast gleich, vorwiegend schlanke Gestalten, sorgfältig gekleidet und von dem einen Wunsche erfüllt, Dollars zu verdienen. Höhere geistige Interessen haben sie wenig. Ihre Schlankheit verdanken sie ihrer kommerziellen Rastlosigkeit (Dollarjagd), ihrer angeborenen nervösen Lebhaftigkeit (gefördert durch das tropische Sommerklima), ihrer Gleichgültigkeit gegen Essen und Trinken. Der New Yorker betrachtet das Essen nur als eine leider unumgängliche, aber um so unangenehmere Unterbrechung seiner brünstigen Verehrung von Sankt Dollarius. Er isst nicht viel und sehr hastig, selbst wenn er daheim ist. Dem Berliner merkt man auf hundert Schritt an, was für ein Gourmand er ist. Das Essen und das Trinken spielt in seinem täglichen Leben eine ganz bedeutende Rolle. Er fürchtet, wie es scheint, einen leeren Magen und sonst nichts auf der Welt. Hin und wieder begegne ich Leuten (keineswegs einfachen Leuten), die vormittags im Straßenbahnwagen mit feierlichem Ernst ein belegtes Butterbrot aus der Tasche holen, es mit feierlichem Ernst aus der Hülle lösen und mit ebenso feierlichem Ernst verzehren, während die Krümel neckisch an der Brust oder am Busen herunterrieseln. Die anderen sehen dem Esser andächtig zu und preisen ihn innerlich glücklich. Wenn einer vormittags nach Potsdam fährt, so holt er hinter Steglitz sein Frühstück heraus. Irgendwo in

seinem Anzug scheint der Berliner eine Tasche zu haben, in der immer eine belegte »Stulle« sitzt, zum Schutz vor dem Hungertode. Dergleichen wird man in New York nie sehen. Ein im Straßenbahnwagen frühstückender Mensch würde ein Panoptikum-Angebot erhalten. Und überall, selbst auf einem Stadtbahnhof oder Vorortbahnhof, steht ein schäumendes Glas Bier bereit, um den Berliner vor dem gleich grässlichen Tode des Verdurstens zu schützen. Bis ins Theater hinein verfolgt ihn diese Angst vor dem leeren Magen – was ich schon erwähnte und hier nur aus literarischer Gewissenhaftigkeit wiederhole. Er genießt im Opernhaus sein Butterbrot, teils mit »Mignon« belegt, teils mit Schlackwurst, und spült beides mit Bier hinunter. Auch das gibt es im New Yorker Theater nicht, weil Restaurantbetrieb im Theater nicht vorhanden ist, auch gar nicht verlangt wird. Höchstens geht Mr. Brown während der Pause hinaus an die nächste Bar, begießt sich innerlich mit einem Whiskey und isst hinterher eine der bereitliegenden Kaffeebohnen, damit die Gnädige im Theater den Whiskey nicht riecht und in ihren Abstinenzgefühlen beleidigt wird.

Die Kost des Berliners ist schwer und die allergeeignetste, um beleibt zu machen. Er liebt dicke Suppen und Kartoffeln und Sahnensaucen und fette Gemüse und Wurst und alle die hundert Delikatessen, die die Kurverwaltung von Marienbad segnet, und dazu Bier und nochmals Bier. Nicht zu vergessen die hundert Kuchen und die Schokolade und die Schlagsahne. Hinzu tritt dann die angeborene Gemächlichkeit, und die Folge ist, dass der schönste Berliner Ende der Dreißiger oder Anfang der Vierziger verfettet oder mindestens verbaucht. (Herr Setzer, ich hoffe, dass Sie dieses völlig neue und bildschöne Wort nicht verstümmeln. Vor einiger Zeit hatte ich einmal von Apollo, dem Musageten, geschrieben, und daraus war Musagenten geworden. Daran kranke ich noch heute! Also er verbaucht – von Bauch abgeleitet.) Und nicht viel später hängt hinten am Hals über dem Kragen eine Speckfalte. Daher sind die schönsten Berliner die Soldaten und die Offiziere – weil sie mäßig essen und das Gegessene durch reichliche Bewegung verdauen. Man beachte die Wache, wenn sie die Straße *Unter den Linden* heraufmarschiert, und vergleiche mit ihnen die Zivilisten auf dem Bürgersteig. Welch ein Unterschied! Der New Yorker ist auch der besser gekleidete. Die gewaltigen Herrenkleidergeschäfte, die Warenhäuser für sich sind, haben die Verfertigung von Kleidern genau so zur Virtuosität ausgebildet wie die gleich gewaltigen Schuhgeschäfte die Herstellung von Schuhen. Es gibt keinen New Yorker, der in so einem Geschäft nicht einen tadellos sitzenden guten Anzug oder ein ebenso tadellos sitzendes gutes Paar Schuhe erhalten könnte. Freilich kommt dem New Yorker dabei die Gleichförmigkeit der Figur zustatten, die ich bereits betonte. Für schlanke Menschen ist es leichter, einen gut sitzenden Anzug zu finden, als für andere. Ferner hält der New Yorker mehr auf sein Äußeres. Ununterbrochen lässt er seine Kleider aufbügeln, ununterbrochen wechselt er die Unterwäsche, ununterbrochen sitzt er beim italienischen Schuhwichskünstler und lässt sich die Schuhe reinigen, ununterbrochen badet er. Die Badewanne (mit stets laufendem kalten und warmen Wasser), die in Berlin erst die neuen Stadtteile kennen, ist in New York Allgemeingut für hoch und niedrig. Ja, der besonders reinliche New Yorker lässt sich von ebenso entzückenden wie entgegenkommenden (Sie verstehen mich, teurer Leser) jungen Damen, die die Barbierstuben der großen Hotels zieren, die Finger pflegen und vom Barbier den Schnurrbart stutzen, nur damit er ihn nicht in die Suppe oder den Kaffee tauche. Er sieht gräulich aus, dieser gestutzte Schnurrbart – wie eine Zahnbürste. Aber mir gefällt auch das Bartbindengewächs des Berliners nicht – außer am Offizier. Im blassen Bürohockergesicht oder im überaus friedlichen Gesicht des Bäckergesellen wirkt er unnatürlich, ich möchte fast sagen theatralisch.

Aber die Berliner sind eine unendlich mannigfaltigere Bevölkerung (schärfer ausgedrückt individuellere, obwohl ich Fremdwörter verabscheue) als die New Yorker, wobei ich die nach New York frisch Eingewanderten als Fremde abermals beiseite lasse. Es gibt ganze Klassen von Berlinern, die voneinander grundverschieden sind, schon äußerlich. Da sind die Offiziere, die Pädagogen, die Gelehrten, die Kaufleute, die großen Bürokraten und die kleinen, die Künstler aller Grade, die Gewerbetreibenden, die Arbeiter. Einer ist vom anderen leicht zu unterscheiden. Jede Klasse trägt gewisser« maßen ihre Uniform, ohne es zu wissen.

Der Kaufmann zum Beispiel trägt ganz andere Oberhemden, Kragen und Schlipse als der Bürokrat; selten wird der Kaufmann den geschlossenen Kragen mit der schwarzen Binde tragen, wie sie der Bürokrat liebt. Dem Bürokraten geben sie etwas Abgeschlossenes, Strenges, Feierliches, das auf die Würde der Amtsstube und der Aktenbündel hinweist. Ihm ist auch fürchterlich gleichgültig, ob die Hose Bügelfalten hat, und er gebraucht noch richtige Schuhwichse für die Stiefel oder trägt womöglich noch Schaftstiefel. Noch heute ist die Zahl der hartnäckig am alten hängenden Leute in Berlin riesengroß. Diese fanatischen Anhänger der Petroleumlampe, des Kachelofens und des Waschgeschirrs, die das Telefon als eine Frivolität betrachten, sind es, die Berlin ein ganz eigenes Gepräge geben, denn sie stehen in schreiendem Gegensatz zu der erstaunlichen »Modernität« der Stadt. Genau so wandern sie auf den Straßen von Küstrin oder Sommerfeld, und sie leben dort genau so. In New York ist es unmöglich zu sagen, welchen Beruf jemand hat. Sankt Dollarius hat ihnen allen denselben Stempel aufgedrückt. Sie sind allesamt Dollarikaner und neumodisch bis in die Fingerspitzen. Nur um Mitte April herum haben auch die Gesichter der Berliner etwas Gemeinsames, sie tragen dann alle den gleichen Ausdruck: »Ich bin für das neue Steuerjahr entschieden zu hoch eingeschätzt.« Bei manchen prägt sich sogar deutlich die beschlossene »Reklamation« aus – finde ich. Übrigens könnte man die Berliner noch anders einteilen – in zwei Hauptklassen: Alltags-Berliner und Sonntags-Berliner. Mir ist immer von neuem aufgefallen, wie verschieden der Berliner in der Woche von dem am Sonntag ist, besonders an einem schönen Sonntag. Wenn er da mit Frau und Kind in den »Jrunewald« pilgert, um den »Jrunewald« mit Stullenpapier, Wurschtpellen und Eierschalen zu schmücken, hat er etwas überaus Gemütliches, Lebensfrohes und Sonniges, das so gar nicht zu seiner Säuerlichkeit in der Woche stimmt. Am Sonntag steht er jenseits von Lebensmittelteuerung und Einkommensteuer. Luft! Luft! ist des Berliners Devise (aber es darf um keinen Preis ziehen!) und Wald! Wald! Daher sitzt er mit dem Erscheinen der ersten Knospen draußen bei Josty oder in Hundekehle. Solche Gepflogenheiten wird man bei dem eingeborenen New Yorker vergebens suchen.

Ich sprach von dem säuerlichen Berliner. Er ist ohne Zweifel der säuerlichste aller Weltstädter und auch hierin das gerade Gegenteil des New Yorkers, der der gutmütigste aller Weltstädter ist. In gewissen Dingen ist der Berliner höchst verbindlich, zum Beispiel in der Art zu grüßen und in den Titulaturen. Wenn einer etwas tief auf der Titulaturleiter steht, so erfordert die Höflichkeit, ihm wenigstens in der Anrede eine Rangerhöhung angedeihen zu lassen. So schließt der »Herr Rat« liebevoll auch die »kleinen« Räte in sich, oder der Maurermeister wird zum Baumeister, und wenn einer sonst nichts ist, wird er Herr Direktor. Wo beim besten Willen kein Titel zu finden ist, muss eben der Beruf herhalten. Ob ich wollte oder nicht, – man hat mich in Berlin zum »Herrn Schriftsteller« ernannt mit dem Prädikat »Seine Hochwohlgeboren«. Ich muss nun wohl oder übel im Automobil fahren, um mich dieser Titel wert zu erweisen, und 20 Pfennig Trinkgeld geben. Freilich haben wir auch in New York einige Titel. Der Bürgermeister oder der Richter heißt »Seine Ehren«, und der ehemalige Boxer, der Box-Unterricht erteilt, und der Tanzlehrer und der Hühneraugenoperateur heißen Professor, und jeder alte Freiwillige aus dem Bürgerkriege heißt Oberst oder General (je nach dem er angepumpt werden kann). Ab und zu findet sich auf den Briefen als Titulatur »Esquire«. Dieser Ausdruck stammt aus Alt-England, wo »Esquire« der Name für einen Junker war, der nach dem Ritter kam. Jetzt heißt es so viel wie das deutsche Hochwohlgeboren. Aber das sind Ausnahmen. Im allgemeinen sind alle Leute in Amerika Mister, Miß und Mistreß. Und wenn er grüßt, so gebraucht der Amerikaner in New York und sonst wo am liebsten die Hand. Nur vor Damen lüftet er den Hut merklich. Immer jedoch wird selbst der weniger gebildete New Yorker den anderen als Gentleman behandeln mit der gleichen ruhigen Freundlichkeit. Ihm fehlt die Säuer-

lichkeit oder sagen wir: die urwüchsige, cholerische Derb-
heit des Berliners, besonders aus dem Volke, der über die
geringfügigste Ursache explodiert. Dabei macht es wenig
Unterschied, ob die Ursache ein Junge ist, dessen Kreisel
einem Vorhergehenden unter die Beine gerät, oder ein Geheimrat, der dem Kutscher eines Lastwagens nicht schnell
genug ausweicht, oder ein Bürodiener, der einen Auftrag
falsch ausführt, oder eine Dame, die jemand aus Versehen
mit ihrem Paket an den Leib stößt. Welche erfrischenden
Zurufe habe ich nicht schon auf der Straße von Kutschern
oder von Lieferanten auf dem Zweirad oder von Karren-
schiebern erhalten, als da sind: »Olle Blindschleiche, koof
da doch 'n Paar neie Oogen!« Welch eine unangenehme
öffentliche Vertraulichkeit gegenüber meiner Hochwohl-
geborenheit! Ich wurde an meiner ganzen grünen Hoch-
wohlgeborenheit irre. Woher kommt es übrigens, dass
sich zwei Berliner duzen, wenn sie sich Grobheiten sagen?

Und warum entschuldigt sich niemals jemand, der mich auf der Straße anrennt? Und warum, wenn mir Derartiges widerfährt und ich mich entschuldige, erhalte ich niemals ein verbindliches »Bitte sehr!« zur Antwort?

Diese stachlige harte Schale birgt trotzdem einen weichen Kern. Und derselbe kantige Weltstädter ist bei aller Unweltstädtlichkeit des Gebarens von einer weltstädtischen Regsamkeit, die der des New Yorkers in wenigem nachsteht, sie in vielem übertrifft, und von einem Fleiß, einer Sparsamkeit, einer Rechtschaffenheit (Schieber ausgenommen), einer Diszipliniertheit, die den New Yorker weit in den Schatten stellt. Nicht zu vergessen den in seiner Art einzigen Berliner Humor. Als ich neulich draußen vor einem Restaurant einem Freunde den Speisezettel vorlas und der Freund bei Roastbeef mit Spargeln erklärte: »Ess ich nicht!« ertönte hinter uns eine Stimme: »Ick ooch nich!« Als wir uns verblüfft umsahen, schlurfte ein zerlumpter, hungriger Gesell grinsend vorüber.

6. ENTDECKUNG

Wenn man in Berlin Wohnungen sucht – Die Folgen einer Anzeige – Wirt und Pförtner auf dem Mieterfang – Der Agent auf dem Zweirad – Treppensteigen als Entfettungskur – Ein grässlicher Traum * * * * * * *

Ich weiß, wie man Wohnungen in New York sucht und wie viel Heiteres damit verbunden ist. Aber ich wusste noch nicht, wie man Wohnungen in Berlin sucht. So verbündete ich mich mit einer lieben Freundin, die eine Wohnung suchte, und bat, sie begleiten zu dürfen. Man muss heutzutage alles literarisch ausnützen; auch die Freundschaft. Der Freund, der sich nicht in Honorar verwandeln lässt, ist nicht vollwertig. Also es vollzog sich so: zunächst eine Anzeige. Sie hatte das Ergebnis, dass es zwei Tage lang Briefe und Postkarten regnete. Die teure Freundin war glückselig. Sie wissen, es ist für Damen unter allen Umständen ein Hochgenuss, Briefe zu erhalten, und seien es Geschäftsanzeigen über Eisschränke, Senf, Ofenputz oder so was. Warum das so ist, weiß ich nicht. Vielleicht ist die Erklärung darin zu suchen, dass die weibliche Neugier durch den Empfang von Briefen angenehm befriedigt wird. Es war ein Vergnügen, die Freundin in diesem See von Briefen plätschern zu sehen. Ich dachte an das Freibad Wannsee. Dann kam der zweite Hochgenuss: die Scheidung der Schafe von den Böcken, das heißt, der tauglichen von den nicht verwendbaren Antworten. Dritter Hochgenuss: Sortierung der tauglichen nach Hausnummern und Straßen. Vierter Hochgenuss: großer Kaffeeklatsch mit Verlesung der Antworten und gewissenhafter Besprechung des Materials. Fünfter, sechster, siebenter usw. Hochgenuss: die alltäglichen Ausflüge auf die Wohnungssuche.

Dabei hatte ich schon allerlei für mich Neues und Interessantes gelernt. Zum Beispiel: da waren von verschiedenen »Wohnungsanzeigern« lange Listen mit Wohnungen (Lage, Anzahl der Zimmer, Komfort, Preis) gesandt worden. So etwas kennt man in New York nicht; aber man sollte es dort kennen, denn es ist eine außerordentlich praktische Einrichtung, die das Wohnung suchen erleichtert. Davon ganz abgesehen, empfanden wir das Wohnung suchen an sich als etwas überaus Anregendes. Ich für meine Person erwachte am Morgen mit dem Gefühle, ich ginge auf die Jagd, und zwar auf die Klapperschlangenjagd in der Bergwildnis von Pennsylvania. Eine humoristische Liebhaberei von mir. Es galt, einen Hauswirt zu erlegen oder ihn gar lebendig zu fangen und ihm einen vorteilhaften Mietkontrakt zu entreißen. Auch so ein Pförtner war gleichsam als kleineres Wild nicht zu verachten, wenn der Hauswirt nicht zugegen war. Doch wie reizend wurde ich enttäuscht! Wie wir uns der ersten Adresse nahten, die ich sorgfältig als Nr. 1 auf einem langen Zettel verzeichnet hatte, stand vor der Tür des Hauses (eines sehr feinen Hauses) ein Herr (ein sehr feiner Herr) und neben ihm ein Mensch, der nur ein Pförtner sein konnte. Er hatte Morgenschuhe an von einer so freundlichen grünen Farbe, wie wenn Gras auf ihnen wüchse. Die Morgensonne funkelte im Zylinder des sehr feinen Herrn, ringsherum herrschte eine fast ländliche Ruhe, und aus dem Garten hinter dem sehr feinen Herrn dufteten späte Rosen und andere Blumen. Es war ein entzückendes Bild. Der sehr feine Herr nahm den in der Morgensonne funkelnden Zylinder ab, lächelte bezaubernd und sagte mit einer von Wohllaut gesättigten Stimme: »Sie entschuldigen – die Herrschaften suchen gewiss Wohnungen. Ich bin der Wirt des Hauses!« Dazu nahm der Pförtner seine Mütze ab und lächelte ebenfalls freundlich und klingelte melodisch mit einem Bund Schlüssel in der Rechten. Ich war völlig überrascht. So hatte ich mir einen Berliner Hauswirt nicht vorgestellt. Das war ja gar keine Klapperschlange oder sonst ein bösartiges Tier – das war höchstens ein Hase, ein überaus friedlicher, liebenswürdiger Hase. Und dann – dass der Herr Wirt in allerhöchster Person vor dem Hause stand und die Mieter feierlich empfing, das war der Gipfel aller Huld eines Hochwohlgeborenen. In New York habe ich nie von so einem Fall gehört. Da wir die Frage wegen der Wohnung bejahten, so lud er uns ein näherzutreten. Er überließ es nicht etwa dem Pförtner, uns die Wohnung zu zeigen, sondern unterzog sich der Mühe höchst selber, gefolgt von seinem Pförtner. Zimmer um Zimmer stellte er uns vor – sozusagen. »Also dies ist das Esszimmer – sehr freundlich, nicht wahr? Natürlich lasse ich es frisch tapezieren. Die Tapete können Sie sich selber aussuchen!« Der Pförtner warf einen strahlenden Blick auf seinen Wirt und dann auf uns, als wollte er sagen: »Was sagen Sie zu so einem Wirt? Hätten Sie nicht Lust, sein Mieter zu sein?« Dann wiederholte er den Ausspruch des Wirtes: »Gewiss, die Tapeten können Sie sich aussuchen!« Danach stellte uns der herrliche Wirt das Badezimmer vor. »Die Wanne wird natürlich frisch gestrichen!« »Jawohl,« echote der Pförtner, »die Wanne wird frisch gestrichen!« So ging es weiter. Der herrliche Wirt machte auf den Sonnenschein in den Zimmern aufmerksam, auf die gute Luft im Badezimmer, auf die kräftige Strömung im Klosett, auf den idyllischen

Balkon, auf die Ruhe ringsumher, auf die allgemeine Kinderlosigkeit im Hause, immer mit dem unfehlbaren Echo des Pförtners. Man musste förmlich an sich halten, nicht sofort zuzugreifen. Aber wir wollten doch noch mehr sehen. So nahmen wir Abschied, geradezu zärtlich. Ich hatte das Gefühl: von diesem Wirt wurde es mir schwer, mich zu trennen. Ich hätte mir von ihm den ganzen Tag Wohnungen vorstellen lassen können. Er lüftete bezaubernd den funkelnden Zylinder, der Pförtner klingelte lächelnd mit dem Schlüsselbund. Dann trennten wir uns. Kaum hätte ich mich gewundert, wenn er uns zum Mittagessen eingeladen hätte.

Ganz ähnlich war es in den anderen Häusern, die mein Zettel enthielt. Bald stand der Wirt in festlicher Kleidung mit dem lächelnden Pförtner vor der Tür und übernahm höchstpersönlich die Führung, bald besorgte das der Pförtner. Einer machte darauf aufmerksam, dass der Mieter den Fahrstuhl selbst bedienen könnte. Dann hatte der Mieter jedoch vorher ein polizeiliches Examen als diplomierter Fahrstuhlführer abzulegen. Wunderbar! Ich fragte, ob man auf diese Weise den »Doctor liftologiae« machen könne. Doch davon wusste er nichts. Was für nette Erlebnisse hatten wir dabei, wenn die Familie noch in der Wohnung war. In einer Wohnung befand sich die Inhaberin im Badezimmer, und der Pförtner meinte mit ehrlichem Bedauern: »Na, dann wollen wir lieber draußen bleiben.« Wo anders fragte beim Eintritt in die Vorhalle eine tiefe Männerstimme nach unserem Begehr, aber man sah niemand. Auf meine Frage: »Ja, wo stecken Sie denn? kam die Antwort: »Hier!« Endlich entdeckten wir unmittelbar über dem Boden eine schmale Öffnung, in deren Rahmen gerade zwei Augen, eine Nase und ein

Mund sichtbar waren. Das war der Pförtner. Er sah sehr vergnügt aus. Offenbar erlabte er sich an dem gleichen Scherz jeden Tag aufs neue.

Vor beinahe fertigen Neubauten stürzten eilige Herren auf uns zu und boten uns Wohnungen an. Einer von ihnen versuchte uns den Mund wässerig zu machen, indem er uns zwei Monate freie Wohnung anbot; dafür sollten wir die Feuchtigkeit aus den Zimmern wohnen. Aber das Reizvollste widerfuhr uns in einer Straße ganz im wilden Westen. Da verbeugte sich plötzlich ein Mann auf einem Zweirad und lüftete den Hut und fragte, ob wir nicht Wohnung suchten. Dann sprang er ab und empfahl uns einige Häuser, dieweil er Agent sei und auf Prozente angewiesen. »Nich wahr, das jönnen Sie mir doch?« fragte er. Natürlich gönnten wir's ihm und machten uns auf den Weg. Er fuhr mit uns mit, gewissermaßen als Ehrengeleit, und damit wir die Häuser auch fänden. Mir war fast unheimlich. Ich zitierte unwillkürlich:

> *Bemerkst du, wie in weitem Schneckenkreise*
> *Er um uns her und immer näher jagt?*
> *Und irr' ich nicht, so zieht ein Feuerstrudel*
> *Auf seinen Pfaden hinterher.*
> *Mir scheint es, dass er magisch leise Schlingen*
> *Zu künft'gem Band um uns're Füße zieht.*

Doch dann empfahl er sich in einigen eleganten Kurven. Der Wohnungsagent auf dem Zweirad – auch das haben wir nicht in New York. Auch nicht die Tafel an der Straße, auf der die vereinigten Hausbesitzer ihre leeren Wohnungen anzeigen, wie ich sie am Kaiserplatz sah. Bequemer kann man's wahrhaftig nicht haben.

Wenn wir nach Hause kamen, ergab die Schilderung des Erlebten den schönsten Unterhaltungsstoff. Überdies hatte ich einen glänzenden Appetit und schlief des Nachts tadellos. Was mich betraf, so konnte ich kaum den nächsten Morgen erwarten um wiederum frisch gestärkt auf die Jagd zu gehen. Nach drei Tagen hatte ich fünf englische Pfund abgenommen, infolge der Treppensteigerei, die eine so auffallende Ähnlichkeit mit dem Bergesteigen hatte. Nur hatte ich in einer Nacht einen fatalen Traum: ich galoppierte eine endlose Straße entlang, an der zu beiden Seiten lauter hübsche, rotbackige, lachende Dienstmädchen mit Körben am Arm wuchsen anstatt der Bäume. Und hinter mir her kam ein dichter Schwärm von eleganten Hauswirten in funkelnden Zylindern und Pförtnern mit klingelnden Schlüsseln und Agenten auf Zweirädern. Und alle schrieen aufgeregt: »Haltet den Mieter! Haltet den Mieter!«

7. ENTDECKUNG

Wie ich den Vorsitzenden der Einkommensteuerveranlagungskommission entdeckte – Der freundliche Mann mit der großen ernsten Mappe – Labyrinthische Formulare – Ausländer als Steuerzahler * * * * * * * * * * * *

Ich habe etwas ganz Merkwürdiges entdeckt, etwas ganz Ungewohntes, etwas ganz Verblüffendes, etwas ganz Berlinerhaftes. Es hat einen unheimlichen Namen, den ich auswendig zu lernen versuchte, ohne das jemals fertigzubringen. Es nennt sich im Druck: Der Vorsitzende der Einkommensteuerveranlagungs-(Luft! Luft!)-kommission. Wenn mein amerikanischer Füllfederhalter an Asthma litte, bekäme er das niemals zu Papier. Ich erfuhr von dem Vorhandensein dieses Wesens zuerst, als ich mich zum vollen Genuss Berlins und meines Aufenthalts hier häuslich eingerichtet hatte. Als ich mein Arbeitszimmer betrat, fand ich dort folgende Dinge vor: ein Arbeitspult, einen Papierkorb, ein Sofa, einen Tisch, zwei Sessel, drei, Stühle, einen Bücherschrank, zwei Teppiche, mehrere Bilder, darunter Sudermann mild lächelnd (Tantiemelächeln), und einen weithin leuchtenden bedruckten Bogen. Er lag auf dem Schreibpult, klar und deutlich, fast breitspurig. Es war unmöglich, ihn zu übersehen. Auf ihn musste das Auge zu allererst fallen. Ich nahm den Bogen und las: Der Vorsitzende der Einkommen usw. (siehe oben). »Was ist das hier?« fragte ich den Pförtner, der zufällig herzukam. »Wejen die Steuereinschätzung!« sagte er. »Das liecht schon da, wenn irgendeiner einzieht!« Darauf ich: »So so – zur amtlichen Begrüßung vermutlich. Na – damit habe ich als Fremder ja nichts zu tun!« Und fröhlich begrub ich den Bogen in dem neben dem Schreibpult befindlichen Papierkorb. Am nächsten Morgen klingelte es. »Juten Tag,« sagte ein freundlicher Mann mit einer großen, ernsten Mappe unter dem Arm, »ich komme von der Einkommensteuerveranlagungskommission und möchte das ausjefüllte Formular haben.« Ich eröffnete ihm, dass ich es fortgeworfen hätte, da mich das ja nichts anginge. Ich sei New Yorker. »Ja,« lächelte er, »ausjefüllt muss es doch werden. Hier is 'n anderes Formular. Wenn Sie so jut sein wollen!« Also da war nichts zu machen. Vorschrift. Schön. Ich lud ihn ein näherzutreten, setzte mich an das Schreibpult und begann das Formular zu lesen. Himmel – was wollte man da alles von mir wissen! Wie heißen Sie? Was sind Sie? Wie oft sind Sie geboren und wo? Wo waren Sie vor einem Jahr? Wie viel Zähne haben Sie, wie viel Nasen, wie viel Ohren? Das heißt – so schien es mir. Der Kopf schwindelte mir. Und dann weiter: Wie viel Einkommen, wie viel Grundstücke, wie viel Vermögen, wie viel Aktien, wie viel Busennadeln, wie viel Lackstielel, wie viel Automobile haben Sie? Das heißt – auch das schien mir so. Ich sagte schon, dass mir der Kopf schwindelte. Nie hatte ich als New Yorker so einen unheimlichen Bogen gesehen, geschweige denn auszufüllen gebraucht. Nie hatte ich von einer Einkommensteuerveranlagungskommission gehört, nie hatte ich in New York einen Cent Steuern gezahlt. Eine Formalität, dieser Bogen – ohne Zweifel. Also erledigte ich die Fragen mit einigen Strichen. Fertig! »Hier haben Sie Ihr Formular!« Der freundliche Mann mit der großen, ernsten Mappe unter dem Arm empfahl sich. Gott sei Dank – diese entsetzlich wissbegierige Kommission war ich los!

Eines schönen Tages klingelte es wiederum, und wiederum wollte mich ein freundlicher Mann mit einer großen, ernsten Mappe unter dem Arm sprechen. Er kam ebenfalls von dem Vorsitzenden der – Sie wissen schon – und überreichte mir ein Schreiben. Darin wurde ich eingeladen, im Rathaus auf einem bestimmten Zimmer bei einem bestimmten Herrn zu einer bestimmten Zeit vorzusprechen wegen Steuerveranlagung. Zu scherzhaft! Ich und Steuerveranlagung! Wer hatte denn diese mir bisher völlig fremde Veranlagung bei mir entdeckt? Richtig – dasselbe rätselhafte Wesen mit dem unheimlichen Namen. Na – gehen wir mal hin, sehen wir uns den Rätselhaften einmal an, klären wir ihn über seinen Irrtum auf, einem göttergleichen New Yorker Bürger Steuern zuzumuten, der nie sein Brot mit Steuern aß, der nie die kummervollen Nächte auf seinem Bette rechnend saß. Haha – ich und Steuern! Eine Humoreske! Und ich betrat das bewusste Zimmer im Rathaus, von wo der Irrtum ausgegangen war. »Guten Morgen – der Herr Vorsitzende« (ich stockte und holte das Schreiben hervor und las) »der Einkommensteuerveranlagungskommission?« Zum Glück bot man mir einen Stuhl an. Er war's nicht selber, sondern ein Sekretär – ein überaus liebenswürdiger, entgegenkommender, besänftigend wirkender, Vertrauen einflößender Herr. Und er saß in einem überaus freundlichen, sonnigen, peinlich sauberen, peinlich geordneten, tadellosen Beamtenzimmer. Ich begann, mich hier sozusagen wohl zu fühlen. Ja – die Sache sei nun die: ich hätte das nicht richtig ausgefüllt. Daher die mündliche Erledigung. Offenbar kannte ich die preußische Steuereinschätzung nicht, was ja freilich begreiflich sei. Nämlich (und er lächelte dreifach bezaubernd) ich müsse ebenfalls Steuern zahlen. Nämlich (und er lächelte sechsfach bezaubernd) so genannte Gemeindesteuern wie jeder Ausländer, der länger als drei Monate in Berlin sich aufhalte. Nämlich (und er lächelte neunfach bezaubernd) nach Maßgabe des Vermögens und anderer angenehmer Dinge. Ich begriff das nicht. Aber er verwies auf die Straßenreinigung, die schützenden Schutzmänner, die feuerlöschende Feuerwehr, die schönen Anlagen, auf deren Bänken ich sitzen könnte, und anderes. Und dann – das Gesetz! Ich begriff noch immer nicht. Schließlich einigten wir uns in geradezu freundschaftlicher Weise auf Selbsteinschätzung – wie er das nannte. Das war mir wieder sehr unklar, aber ich konnte ja das Weitere abwarten, und zwar in Ruhe abwarten. Als ich mich empfahl, nahm ich die angenehmsten Eindrücke mit mir. Eine so erquickliche Amtlichkeit hatte ich noch nicht gekannt, nicht einmal in New York, wo es doch liebenswürdige Leute genug gibt. Diese Einkommensteuerveranlagungskommission hatte ja geradezu etwas Sympathisches! Wenn sie mich zum Ehrenbürger ernannt hätte – ich würde mich keinen Augenblick gewundert haben. Das preußische Beamtentum, das ich sowieso achte, stieg in meiner Achtung zur Höhe eines Wolkenkratzers.

Und dann kam von neuem der freundliche Mann mit der großen, ernsten Mappe unterm Arm und brachte ein neues Formular dieser mir jetzt so sympathischen Kommission. Freilich – die Rätselhaftigkeit all dieser Paragraphen und Absätze war verwirrender denn je. Und allerlei fürchterliche Strafen erwarteten mich, wenn ich nicht alles so ausfüllte, wie es ausgefüllt werden musste. Wie konnte ich dem entgehen? Was da gedruckt stand, war alles auf brave preußische Bürger zugeschnitten, die all diese Paragraphen und Absätze mit der Muttermilch eingesogen hatten, für einen Nichtpreußen jedoch so gut wie unbeantwortbar. Ein Bekannter, den ich um Rat fragte, riet mir, eins der Bücher zu erstehen, die als Ariadnefaden durch das Labyrinth einer Steuerveranlagung leiten. Ich kaufte mir: »Richtige Steuereinschätzung und Reklamation mit vielen Reklamationsformularen, Eingaben usw. von A. Toussaint.« Ich sagte alle Einladungen ab, empfing keine Besuche, nahm Aspirinpillen zur Klärung des Kopfes, setzte mich in einen bequemen Sessel und studierte das Buch. Es nutzte nichts. Es war ebenfalls nur auf preußische Menschen zugeschnitten. Dem armen Nichtpreußen half es nicht im geringsten in seinen Steuerveranlagungsnöten. Ich verlor zehn Pfund an Gewicht. Des Nachts hatte ich wüste Träume. Zum Beispiel: ich war als verkappter Dollarkönig entlarvt und auf 80 Millionen Mark eingeschätzt worden und hatte die Steuer auf einem Rollwagen zur Zahlstelle schaffen lassen. Da kam die ganze Einkommensteuerveranlagungskommission im Zylinder und Frack und überbrachte mir den Dank der Stadt (eingerahmt) und das Recht lebenslänglicher freier Fahrt auf der Untergrund- und Stadtbahn, und zwölf weißgekleidete Jungfrauen vom Kurfürstendamm trugen auf weißseidenem Kissen einen goldenen Füllfederhalter mit dem Preis daran. Nun wandte ich mich an einen amerikanischen Freund; er warnte mich ernsthaft vor weiterem Studium des Buches. Denn ein Bekannter von ihm habe dadurch vorübergehend den Verstand verloren und habe sich dann zu hoch einschätzen lassen. Am einfachsten sei, wenn ich einen schönen, langen, ausführlichen Brief an die Kommission schriebe. Das tat ich. Es dauerte auch gar nicht lange, so erschien wieder der freundliche Mann mit der großen, ernsten Mappe unter dem Arm und übergab mir meine »Einschätzung«. Ich atmete erleichtert auf. Ich war um eine Entdeckung reicher, die gleich hinter der Entdeckung des Nordpols kam, und die mir ebenso neu wie interessant war.

Denn von dieser Besteuerung der Fremden hatte ich keine Ahnung gehabt, um so weniger, als dergleichen in New York unbekannt ist. Ein Reichsdeutscher kann in New York zu seinem Vergnügen so lange leben, wie er will; er kann sogar jahrelang in einem Geschäft angestellt sein und ein größeres Gehalt beziehen – man wird ihm keinerlei Steuer auferlegen, weder eine städtische noch eine staatliche. In solchen Dingen sind sie in New York (und in Amerika überhaupt) außerordentlich weitherzig. Das kommt daher, dass gegen jede Besteuerung des Einkommens eine tiefgewurzelte Abneigung herrscht, noch von der Zeit des Unabhängigkeitskampfes gegen England her. Er begann mit der Rebellion der damaligen amerikanischen Kolonisten gegen die Teesteuer. Unter Steuern versteht der Amerikaner vor allem einen Eingriff in seine eifersüchtig gehütete persönliche Freiheit. Daher begnügt man sich mit den nötigsten Steuern (aus größerem Besitz, aus Grundeigentum, aus Herstellung von Bier, Spirituosen, Tabak, Kunstbutter, aus Gerechtsamen aller Art für Korporationen, Wirtschaften, Vergnügungslokale und ähnliche

Betriebe). Entzückend wäre es natürlich, wenn man dem Fremden in Berlin gar keine Steuer auferlegte, zumal dem Fremden, der nur vorübergehend sich aufhält. Im Grunde genommen zahlt er schon eine Art Steuer, indem er sein im Auslande erworbenes Geld hier ausgibt. Ich kann mir einen solchen Zustand sogar sehr gut vorstellen, wenn es sich um Amerikaner handelt, eben weil der reichsdeutsche Gast in Amerika ohne Rücksicht auf die Länge seines Aufenthaltes von Steuern verschont bleibt. Hier könnte der Grundsatz der Gegenseitigkeit Anwendung finden, der im internationalen Leben jetzt so gern beobachtet wird. Besteuerst du meine Bürger nicht, wenn sie als Gäste zu dir kommen, kann ich selbstverständlich auch deine Bürger nicht besteuern, die bei mir zu Gaste sind. Sonst lässt sich gegen die Erhebung der Gemeindesteuer von Fremden nach dreimonatigem Aufenthalt in Berlin gewiss nichts einwenden, eher schon gegen die Staatssteuer, die nach einjährigem Aufenthalt von dem Fremden erhoben wird, und die er sogar für das verflossene Jahr seines Aufenthaltes nachzahlen muss. Ich hörte, dass zahlreiche wohlhabende Amerikaner mit der Absicht nach Berlin kommen, hier längere Zeit nach nationaler Gewohnheit die Dollars springen zu lassen. Sie reisten aber oft schon vor Ablauf von drei Monaten wieder ab, zunächst weil sie überhaupt keine Steuern in der Fremde zahlen mochten, zweitens aber wegen der Art der Einschätzung. Sie sind verzweifelt über die Formulare, die sie nicht verstehen; sie haben eine unbesiegbare Scheu vor allen fremden inquisitorischen Nachforschungen nach ihren persönlichen Verhältnissen; sie können vor allem nicht begreifen, warum sie auf ihr amerikanisches Kapitalvermögen in Berlin Steuern zahlen sollen. Einer von ihnen, mit dem ich hierüber sprach, sagte mir: »Ich würde mit Vergnügen zwei Jahre in dieser wundervollen Stadt eine eigene Wohnung nehmen, würde mit Vergnügen für diese Annehmlichkeit einen Beitrag zur Unterhaltung der Stadt zahlen, wenn dieser Beitrag von Ausländern allemal ausschließlich in Form eines Prozentsatzes der Wohnungsmiete und meiner Ausgaben erhoben würde, ohne die Ausfüllung seitenlanger Formulare, die ich nicht verstehe, und ohne peinliche Verhöre mit Hilfe von Dolmetschern. Man kann mich als Ausländer doch nicht genau wie einen Eingeborenen behandeln. Wenn Ausländer ganz steuerfrei wären oder nur mit ei-

ner Gemeindesteuer in der erwähnten angenehmen Form belastet würden, so fände sicherlich ein Zustrom reicher Ausländer statt, der für Berlin Einnahmen von vielen Tausenden bedeuten würde.« Ich glaube, diese Ansichten gäben einen prachtvollen Stoff zur Besprechung für den Verein zur Hebung des Fremdenverkehrs in Berlin.

Was mich anbetrifft, so hält mich all das nicht ab, mich mehr denn je der reinlichen Straßen zu erfreuen, der grünen Bäume und blumigen Plätze, der Berliner Landluft, und der Ruhe, und der Ordnung. Denn als gottgewollter Steuerzahler habe ich jetzt ein wohlerworbenes Anrecht darauf. Und das gleiche wohlerworbene Anrecht habe ich jetzt auf den gefürchteten Bizeps meiner Freunde, der Schutzleute, wenn mich ein Übeltäter bedroht; oder auf die erste ärztliche Hilfe, wenn ein Chauffeur mir gegenüber das Recht auf die Straße durchgesetzt hat; oder auf die Feuerwehr, wenn meine Manuskripte Feuer gefangen haben. Ja, wenn mir irgend etwas Munizipales nicht passt, so darf ich jetzt nach Herzenslust wie ein waschechter Berliner »Krach machen«, darf empörte Einsendungen an den »Lokal-Anzeiger« richten, darf ellenlange Beschwerden an die Behörden bis hinauf zum Minister richten, oder gar bis zum Kaiser – denn ich zahle Steuern. Ist das nicht auch etwas wert?

8. ENTDECKUNG

*Die Berlinerin verglichen mit der New Yorkerin –
Mehr Natürlichkeit und Anspruchslosigkeit bei der
Berlinerin – Über das Verhältnis von Mann und
Frau in New York und Berlin – Von einem Kuss in
der Droschke – Berliner »bei canto« * * * * * * * * * **

Nachdem ich den Berliner äußerlich und innerlich beleuchtet hatte, verstand es sich von selbst,
dass ich mein Glück auch bei den Berlinerinnen
versuchte. Ich entdeckte eine Fülle von reizenden jungen
Berlinerinnen; aber das war gefährlicher, als ich gedacht
hatte. Zwei davon wollten sich mit mir verloben (und zwar
auf die denkbar abgekürzteste Zeit), drei wollten mit mir
einen Ausflug nach dem Grunewald, nach Potsdam und
nach Erkner unternehmen, eine wollte bei Kempinski mit
mir essen, eine wollte sich sogar scheiden lassen. Doch
dies ist nicht der Zweck dieser Artikel. Wenn die reizenden Wesen dies lesen werden, so werden sie begreifen, warum es nicht anging. Freilich – die Versuchung war nicht
gering, ich gestehe es offen, und ich musste mir mehr als
einmal frei nach Brennert-Lehmann (in ihrer Posse »Der
Flieger«) sagen: »Henry, halt dir senkrecht!« Es ist oft er-
örtert worden, ob die Berlinerin eine Erscheinung für sich
sei, die ihre bestimmten Merkmale habe. Sie ist das ohne
alle Zweifel, genau wie der Berliner. Vor der Verheiratung
ist sie ein schlankes und doch angenehm gerundetes Mädchen von frischer, gesunder Gesichtsfarbe, mit lustigen,
hellen oder braunen Augen, feiner, etwas stumpfer Nase,

einem kleinen, roten
Mund mit merkwürdig
geschürzter Oberlippe,
wie man sie bei Kin-
dern findet, mit hellem
oder dunklem Haar,
das ihr meist lose und
strähnig um den Kopf
weht. Darauf achtet sie

nicht sonderlich, obgleich nichts so wichtig für den günsti-
gen Eindruck gerade eines hübschen Mädchengesichts ist
wie die Frisur. Sie ist darin natürlicher – oder soll ich sagen
sorgloser? – als die New Yorkerin. Überdies – Brillantine,
die Büchse zu 1,50 Mark, ist für unbemittelte Mädchen
etwas teuer. So mancher genügt es schon, wenn sie mit
einem künstlichen Zopf prunkt, der für 2 Mark das Meter
zu haben ist. Auch in ihrer Kleidung ist sie unendlich be-
scheidener als die New Yorkerin, vor allem, weil sie nicht
über so viel Mittel verfügt wie diese oder über einen so
freigebigen Vater. Der amerikanische Vater betrachtet es
als eine seiner größten Vaterfreuden, das Töchterchen so
kokett wie möglich herauszuputzen, selbst dann, wenn er
nicht begütert ist. Wie ganz anders geartet ist der Berliner
Vater! Er hat eine gesunde Abneigung gegen den teuren
Putz, und Mama und das Töchterchen selber teilen nicht
selten diese Abneigung. Die altpreußische Einfachheit lebt
auch in Berlin noch, wie ich schon bemerkte. Und diese
kleine Berlinerin ist immer vergnügt, immer bereit, das
Leben auch mit wenigem zu genießen. Auch darin trennt
sie wieder ein Abgrund von der New Yorkerin mit ihren
oft maß» losen Ansprüchen. Zur Sommerszeit kann man
sie überall beobachten, wie sie bei einem Glase Bier, einer

Tasse Kaffee, einem belegten Butterbrot oder einem Stück Kuchen unter grünen Bäumen sitzt, mit Vater und Mutter, oder noch lieber mit ihrem Justav oder Karl, und glücklich ist, vollkommen glücklich, im »besseren Kleid« ebenso wie im billigen »Fähnchen«, als Tochter aus bemittelter Familie ebenso wie als Verkäuferin oder Schreibmaschinistin oder Arbeiterin. In New York hat auch die Tochter armer Leute immer das Bestreben, von oben bis unten ebenso elegant zu sein wie eine vornehme junge Dame, und selbst das Dienstmädchen rauscht Sonntags im seidenen Unterrock und spielt wenigstens die Begüterte. Auch hierin macht sich die berühmte Gleichheit geltend.

New York ist reich an hübschen Mädchen, aber Berlin ebenfalls. In Berlin kommen sie nur nicht so zur Geltung, weil sie sich nicht so raffiniert kokett kleiden können, mögen oder dürfen. Sehr oft wirken sie auch ohne jede prächtige Fassung. Ich bin immer von neuem erstaunt, wie viel rotbackige Anmut in einer Wäscherei sich mit einem fabelhaften Fleiß über das Plättbrett beugt oder abends mit einer sauberen Schürze und dem Korb am Arm als Mädchen für alles einkaufen geht oder beim Schlächtermeister mit roten Fäustchen Wurst und Schinken schneidet. Haben Sie, o Leser, das Reizvolle gerade dieser Verbindung von Wurst und Schinken und weiblicher Anmut nicht ebenfalls schon empfunden? Aber ähnlich reizvolle Verbindungen finde ich ebenso auf dem Lawn-Tennisplatz, wo die junge Dame aus Berlin W mit den Locken-Chignons von 25 Mark das Stück aufwärts und der Haar-Unterlage für 30 Mark den schlanken Leib in herrlichen Posen bewundern lässt. Nein – die Berlinerin ist genau so hübsch wie die New Yorkerin, und wenn sie nicht ebenso elegant ist, so ist sie dafür gesünder und natürlicher. (Geehrter Verleger, wenn die bewussten kleinen, duftigen Briefchen kommen, bitte, nicht meine Adresse zu verraten!) Vor allem aber ist die Berlinerin weiblicher, oft viel zu weiblich. Der Mann ist der New Yorkerin (und Amerikanerin) etwas ganz anderes als der Berlinerin (und der Deutschen). Da in Amerika eine ausgeprägte Frauenherrschaft besteht, so betrachtet die Frau dort den Mann nicht selten als inferior, jedenfalls aber als ein Wesen, dessen erste Pflicht es ist, ihr das Leben so schmetterlingshaft wie möglich zu machen. In sehr vielen Fällen fehlt sogar dem Verhältnis der Geschlechter jede gesunde Sinnlichkeit, namentlich bei der Frau. Sie ist oft von einer Unleidenschaftlichkeit, die von geschlechtlicher Unempfindlichkeit nicht zu unterscheiden ist. Oft auch sind die Rollen vollkommen vertauscht. Das kommt in Bildern und in Illustrationen vielfach zum Ausdruck. Vor nicht langer Zeit war in den Schaufenstern der Berliner Kunsthandlungen ein amerikanisches Aquarell von Underwood zu sehen, das unendlich charakteristisch für ein amerikanisches Verhältnis zwischen Mann und Frau ist. Sie steuert eine Yacht mit fester Hand und kaltem Gesicht, er kauert zärtlich zu ihren Füßen. In Deutschland wäre es umgekehrt. Wenn der Mann in New York auf der Straße ein Mädchen wohlgefällig anblickt, so sieht sie das als Beleidigung ihrer weiblichen Göttlichkeit an und runzelt die Stirn oder ruft ihm verweisend zu: »Rubber«, was so viel bedeutet wie »frecher Anglotzer«. Die Berlinerin fasst das als Huldigung auf, und ein geschmeicheltes Lächeln zuckt, wenn auch nur für eine Sekunde, um die Mundwinkel und die Augen. Daher auch die Erscheinung, dass ein Mann, der in New York ein Mädchen belästigt, von ihr öffentlich geohrfeigt oder versonnenschirmt wird (bei Regen wird er natürlich verregenschirmt), von den herbeieilenden Männern verfaustet wird, dann verschutzmannt wird und zuletzt im Gericht verdollart wird. Vergöttlichung der Frau! Gynäkotratismus! Die Folge davon ist, dass die New Yorkerin, ungleich der Berlinerin, spät abends ungefährdet allein sich nach Hause begeben, dass sie an einem Neubau vorübergehen kann, ohne zur Mittagspause von den Arbeitern durch unzarte Bemerkungen beleidigt zu werden, dass man ihr überall den Vortritt lässt, z. B. beim Besteigen der Straßenbahn, dass man ihr innen einen Sitz anbieten, dass der Begleiter (ob Vater, Onkel, Neffe, Bruder oder auch nur ein Bekannter) ihr beim Verlassen der Straßenbahn behilflich sein wird. In einer New Yorker Zeitung wird man in der Rubrik »Aus dem Leserkreise« selten Klagen von weiblichen Wesen über Unhöflichkeit der Männer finden. Trotzdem – gib der Berlinerin einen nur halbwegs netten Mann, und sie ist selig. Umgekehrt ist es freilich auch richtig. Eins sucht das andere und freut sich des anderen, oft mit einer verblüffenden Ursprünglichkeit. Dass ein junger Mann in einer offenen Droschke mitten auf dem Kurfürstendamm am hellen Tage seinem Mädel einen Kuss gibt, wäre in New York (das Bernard Shaw ein großes Puritanerdorf nannte) unmöglich. Vom Bürgersteig rief dazu ein dicker Straßenfeger fröhlich: »Mahlzeit!«, und die beiden lachten. Überdies – wozu gibt's in Berlin einen Bund für Mutterschutz? (Ein Bund für Vaterschutz wäre genau so berechtigt – unter uns gesagt!) Und nach der Verheiratung? Zwar verbreitert sich die schlanke Berlinerin alsdann bedenklich, aber ihre weiblichen Tugenden tun dasselbe. Sie wird dann ganz zum häuslichen Planeten, der sich Staub wischend und Kalbsbraten bereitend und Kinder waschend um die häusliche Sonne (den Herrn und Gebieter) dreht. Siehe Näheres bei Schiller: »Lied von der Glocke«. In New York ist das ganz anders, wie ich schon erwähnte. Hausfraulichkeit ist zahllosen New Yorkerinnen gleichbedeutend mit Dienstmädchenhaftigkeit. Zu der schlichten, hausfraulichen Berlinerin hat sich, seit Deutschland wohlhabend und Berlin Weltstadt geworden ist, die Weltdame gesellt und die Intellektuelle, einschließlich der Stimmrechtlerin, von denen ich schon schrieb. Sie unterscheiden sich jedoch kaum von ihren New Yorker Schwestern.

Aber das eigenartigste an diesem eigenartigen Weltstadtgewächs bleibt der Dialekt. So verblüffend er klingt, zumal wenn er aus einem süßen Rosenmündchen kommt – er passt zur Berlinerin (und zum Berliner) als die natürliche Form ihrer absonderlichen geistigen Schärfe. Es ist der Dialekt der unzweideutigsten konzentrierten Klarheit. Daher sagt die Berlinerin nicht einfach nein, sondern »nich zu machen« oder »ausjeschlossen«. Manche Fremde mögen diesen Dialekt nicht. Ich finde ihn wohlklingend. Neulich hörte ich Kinder auf der Straße singen: »Heil diaim Siejakrans, Herrschades Vatalans, Heil, Kaisa, dial« Ich fragte den musikstudierenden Amerikaner an meiner Seite, ob das nicht das reine Italienisch sei, und er gab das zu. Oder: »Du, Klara, willste lieba in Tannhäusa oder int Rheinjold?« Und Klara, die sofort an die kulinarischen Genüsse des Restaurants »Rheingold« dachte, erwiderte: »Lieba int Rheinjold, aba in de Biea-Abteilung!« Wenn ich Richard Strauß wäre, schriebe ich eine Oper im Berliner Dialekt und erschüfe damit den Berliner »bei canto«.

9. ENTDECKUNG

Die Schwierigkeit, den Grunewald zu entdecken – Sein eigentlicher Name ist Bauterrain – Die Schwierigkeit, in einem Restaurant zu essen – Betrachtungen über den Speisezettel – Die Schwierigkeit, in der Straßenbahn zu fahren – Und wie ihr abzuhelfen wäre * * * * * * * * *

Gewisse Annehmlichkeiten Berlins scheinen dem Fremden besonders leicht zugänglich; aber wenn er sie genießen will, findet er zu seinem Erstaunen, dass das seine Schwierigkeiten hat. Sollte man's glauben, dass zum Beispiel der Grunewald keineswegs so ohne weiteres zu entdecken ist? Vor langer Zeit, als mein Großvater in Berlin noch Pianos machte, weil die Leierkasten allein das musikalische Bedürfnis nicht deckten, fing der Grunewald gleich hinter den Elefanten im Zoologischen Garten an und bestand zunächst vorwiegend aus Sand. Dann kamen verschiedene Kiefern, die einen berauschenden Kaffeeduft ausströmten, denn zwischen ihnen kochten Familien in einem schlichten Gebäude ununterbrochen Kaffee von nachmittags um 2 bis spät abends. Dann kamen noch mehr Sand und noch mehr Kiefern, und ein Weg mit einem Pfahl und einer Inschrift, die sagte: »Das Betreten dieses Weges ist bei Strafe verboten!« Dann kamen sorgfältig ausgekratzte Eierschalen und ebenso sorgfältig ausgenagte Wursthäute und fettige Butterbrotpapiere, und man war im Grunewald. Indem ich von Eierschalen rede, fällt mir natürlich die reizende Anekdote von Kanzleirats und von der Luise ein, die so gut ist, dass es sich lohnt, sie von Zeit zu Zeit aufzufrischen – trotz ihres ehrwürdigen Alters. Kanzleirats waren an einem schönen Sommertag in den Grunewald gezogen, und kaum waren sie im Grünen, so überfiel sie natürlich die bekannte Angst vor dem Hungertode, an der alle Berliner leiden. Also setzten sie sich hin und aßen. Luise, das Mädchen für alles, erhielt ein halbes hartes Ei – dieweil ihre Backen schon rot genug waren. Luise aber war anderer Ansicht. Als nichts weiter kam, fragte sie nach einer Weile, ob sie nicht noch ein halbes Ei bekommen könne. »Na so was von Gefräßigkeit!« bemerkte die Kanzleirätin, nachdem sie die Sprache wieder gewonnen hatte. Doch der gutmütige Kanzleirat meinte: »Na, jieb ihr noch'n halbes – platzt se, denn platzt se!« Heute ist es viel schwerer, in den Grunewald zu kommen, denn der Grunewald besteht heute meistens aus Vororten mit einigen Kiefern dazwischen. Auch ist er heute mit allerhand hervorragenden Leuten geschmückt, als da sind: Musiker, Bildhauer, Dichter, Journalisten, Finanzmagnaten und sonstige Ide-

alisten, die in vornehmen Villen Kaffee kochen. Sehr verwirrend ist, dass der Grunewald heute vielfach gar nicht mehr Grunewald heißt, sondern Bauterrain. Ich fand mehrere solche Aufschriften. Und da, wo er heute anfängt, hört er auch fast wieder auf. Das erleichtert das Spazieren gehen darin freilich ungemein. Die übrigen Teile des Grunewalds bestehen, wie mir scheint, aus Restaurants, was auch wieder seine Annehmlichkeiten hat. Ich ging in das Restaurant Hundekehle, und ich hatte eine reizende Landpartie in den Grunewald gemacht. Der verstorbene Dichter Polenz war sehr gegen diese Art, die Natur zu genießen. In seinem Buch über Amerika schrieb er (bei der Schilderung der wilden amerikanischen Waldung), er habe den Verdacht, dass die Deutschen für die Natur nur so schwärmten, weil so viele Wirtshäuser drin seien. Nun ja – es mag ja sein. Aber du lieber Himmel – die Wirtshäuser tragen doch nun mal viel zum Naturgenuss bei. Sie gehören gleichsam zur Natur. Das erste, was ich als Knabe von der schönen Lahn hörte, war, dass ein Wirtshaus daran steht. Wer weiß, ob ich den Hundekehlensee an einem sonnigen Sommertag so genossen hätte, wenn ich nicht ein stimmungsvolles Wiener Schnitzel vor mir gehabt hätte. Wenn ein so edles Gefühl wie die Liebe zu einem weiblichen Wesen sich erlauben darf, durch den Magen zu gehen, so sehe ich nicht ein, warum die Liebe zu »Mutter Grün« das nicht auch darf. In dieser innigen Verschmelzung von Freuden der Natur und des Magens besitzt die Umgebung von Berlin das blaue Band. Der Hudson mit seinen hohen, waldigen Ufern ist eine Landschaft voll eigenartiger Schönheiten. Aber seinen Waldungen fehlen die Eierschalen und die Wursthäute und die Wirtshäuser, und der blutdürstige Moskito sättigt sich an dem Tollkühnen, der dort im Hochsommer wandelt. Man glaubt zu speisen, und man wird gespeist. Darum findet man in den Waldungen am Hudson auch keinen blassen jungen Mann mit einem weißen Stück Papier in der Hand sitzen und dichten. Ich habe in der neuen Fischerhütte zu Mittag gespeist und bin über den See nach der alten Fischerhütte gefahren, wo noch heute ganze Familien Kaffee kochen. In New Yorks Umgebung kann man so etwas nicht. Angenommen, ich spürte einen amerikanischen Wirt im Grünen auf und mutete ihm das zu, so würde er nach der Polizei telefonieren, um mich im nächsten Hospital auf meine geistige Zurechnungsfähigkeit hin untersuchen zu lassen. Zum mindesten würde er mir in derselben verletzenden Weise den Rücken kehren wie jene Kellnerin im Münchener Hofbräuhaus, bei der ich einmal eine Berliner Weiße bestellte.

Noch schwerer als die Auffindung des Grunewalds ist die Auffindung eines Restaurants in Berlin, gerade weil es so zahllose Restaurants in Berlin gibt. Die Schuld an dieser merkwürdigen Tatsache tragen die vor den Restaurants ausgehängten Speisezettel – eine Einrichtung, die man in New York nicht findet. Nur das erklärt es, dass ich anfangs, wenn ich auf dem Wege zu einem Restaurant war, zwischen lauter Speisezetteln dem Hungertode nahe war, ungefähr wie Buridans Esel zwischen den Heubündeln. Auf Meiers Speisezettel lockte mich Kasseler Rippespeer (in New York unbekannt), aber bei Schulze weiter oben gab's Backobst mit Klößen (in New York unbekannt). Und wie ich zu Müller komme, zehn Minuten entfernt, kündete sein Speisezettel Teltower Rübchen mit Bratwurst (in New York unbekannt), während Lehmann gar mit Rebhuhn protzte. So lief ich verzweifelt von Meier zu Schulze

und von Schulze zu Müller und von Müller zu Lehmann
und wieder zurück, unfähig festzustellen, wo ich für eine
Reichsmark die höchsten Magenfreuden genießen könnte. Es war qualvoll. Schließlich sank ich um 3 Uhr nachmittags zu Tode erschöpft bei Meier auf ein Sofa und verlangte mit dem letzten Rest meiner Kräfte das angebetete
Kasseler Rippespeer. Doch es gab's nicht mehr. Derartigen
hässlichen Möglichkeiten sollte abgeholfen werden. Man
entferne entweder diese gefährlichen Speisezettel vor den
Restaurants, oder die Herren Restaurateure sollten sich
dazu bequemen, ihre Speisezettel den Leuten morgens ins
Haus zu schicken oder ins Büro – je nachdem. Oder warum führen die Restaurateure nicht die noch praktischere
Sitte ein, ihren Kunden den Speisezettel telefonisch mit-
zuteilen? Welch ein Segen wäre das für Fremde und für
die Berliner selbst, die den Speise-Lokal-Anzeiger als den

angenehmsten aller Lesestoffe betrachten! Dem New Yorker ist der Speisezettel überhaupt nichts Besonderes. Er ist ihm meist nur das Verzeichnis der verschiedenen Sorten Feuerungsmaterial für zweibeinige Dollarmaschinen. Wenn der New Yorker Roastbeef oder Steak oder Chops (sein Lieblings-Feuerungsmaterial) darauf findet, ist er völlig zufrieden. Wie grundverschieden fasst der Berliner den Speisezettel auf! Für ihn ist er ein genau so wichtiges Dokument wie der Zeitungsbericht über eine Reichskanzlerrede. Er liest ihn nicht, sondern studiert ihn – ernst, feierlich, mit gerunzelter Stirn, erst die Suppe, dann die Fische, dann die Vorspeisen, dann die Gemüse, dann die Braten, dann die Kompotts, dann die Desserts – immer von neuem. Es ist eine Art heiliger Handlung, die er da vornimmt, das große Opfer, das er dem Gott Magen darbringt. Wehe dem »Ober«, der ihn darin stört! Am liebsten hat er dabei die Gesellschaft eines Verwandten oder irgendeines Bekannten. Denn es erhöht seine kulinarische Wollust, mit ihm das Programm des Speisens gewissenhaft zu beraten. Oft spiegeln sich auf seinem Gesicht schwere Seelenkämpfe wider, ob er sich für Steinbutte oder Fisch-Mayonnaise entscheiden soll. Aber zuletzt atmet er erleichtert auf, wie wenn er ein unlösbar erscheinendes Problem glücklich gelöst hätte, sein Antlitz erhält etwas Verklärtes, etwa wie das Gesicht eines Warenhausfräuleins, das von einem Heldentenor geküsst wurde, und mit unendlich weicher Stimme bemerkt er: »Ober – ich nehme zunächst Mockturtle-Suppe, bitte!« Nie habe ich den Berliner zarter, zugänglicher, bezaubernder gefunden als bei der Bestellung des ersten Ganges. Diesen großen Augenblick kann die bessere Hälfte getrost benutzen, um von einem neuen Hut zu reden. Aber ich habe ihn auch nie rauher und erbitterter gefunden als bei den Worten: »Ober – das Kassela is ja zäh wie Schuhleda. Das spuckt ja 'n Tieja aus!« Hält der Speisezettel, was er versprach, so fühlt er sich nicht bloß körperlich, sondern auch seelisch erbaut. Die Erinnerung an ein besonders gutes Gericht wird ihm den ganzen Tag verschönern. Wenn er Bekannte auf der Straße oder in der »Elektrischen« trifft, wird er ihnen auf die Frage, wie es geht, leuchtenden Auges von dem Hasenrücken vorschwärmen, den genossen hat. Und die Erinnerung an diesen halben Hasenrücken wird ihn noch im Bett sanft und selig ins Land der Träume hinübergeleiten, wo er den gleichen Hasenrücken nochmals im Traum verzehrt.

Dergleichen Freuden und Leiden birgt der Speisezettel niemals für einen New Yorker. Aber die allergrößten Schwierigkeiten bietet für den Fremden die Benutzung der Straßenbahn, genauer ausgedrückt, die Entdeckung des Wagens, der ihn an den gewünschten Bestimmungsort bringen könnte. In New York laufen alle Hauptlinien parallel die langen Avenues hinauf oder hinab, nach Norden oder Süden. Ob ich will oder nicht – ich muss bei der Straße ankommen, die rechtwinklig die Avenue durchschneidet. Wie reizvoll ist eine Straßenbahnfahrt in Berlin für mich. Ich kann mit Wagen fahren, die von I bis V gezeichnet sind oder von 1 bis 112 oder von A bis V. Vielleicht sind's sogar mehr! Welch eine Auswahl! Und wie angenehm ist die Spannung, welche von den Nummern oder Buchstaben ich nun wählen soll, um ans Ziel zu gelangen. Ich weiß es oftmals nicht; denn man schleppt nicht immer ein Verkehrs-Lexikon mit herum; aber der Schutzmann, dieses wandelnde Auskunfts-Büro, weiß es sicher. »Bitte – wie komme ich nach der Kaiser-Wilhelm-Gedächtnis-Kirche?« fragte ich ein sanftes Auge des Gesetzes. Antwort: »93, 98, 33, 80, 81, R, P.« Ich erbleichte und bat um Wiederholung. Das tat er. So schnell ich vermochte, eilte ich nach der nächsten Haltestelle, immer die schrecklichen Zahlen vor mich hinmurmelnd. Leute, die mir begegneten, wichen mir scheu aus. Es kümmerte mich nicht. Ich langte zusammen mit einem Straßenbahnwagen an der Haltestelle an, der die Nr. 93 trug. »Schaffner – fahren Sie nach der Kaiser-Wilhelm« – »Besetzt!« erwiderte er. Ich wartete auf den nächsten. Der war nicht besetzt. Aber erst als ich auf dem Viktoria-Luise-Platz ankam, eröffnete mir der Schaffner, dass ich in der Eile in Nr. 91 gestiegen war. Seltsame Wagen, entweder sind sie besetzt, oder sie fahren ganz wo anders hin. Immer bergen sie absonderliche Überraschungen. Es wäre nicht übel, wenn pensionierte Schaffner den Fremden Unterricht in der höheren Straßenbahn-Benutzung erteilten. Für pensionierte Straßenbahn-Schaffner wäre da ein Geschäft zu machen. – Und doch – wie schön ist die Berliner Straßenbahn, wenn man im Automobil daran vorüberfahren kann!

10. ENTDECKUNG

Was der Sommer für Berlin und für New York bedeutet –
Berlin als Landaufenthalt – Die Idylle des Balkons – Wie
und wann begießt man Balkonpflanzen? – Interessierte
Nachbarn – Und sonstige Sommergenüsse * * * * * * * *

Sommer! Das eine Wort bedeutet für New York und
Berlin zwei Himmelweit verschiedene Dinge. In
New York bedeutet es eine grässliche Zeit, die Zeit
der schwülen Hitze, der Dampfbad-Temperatur, wo die
Menschen zu triefenden Waschlappen werden und sich
ununterbrochen mit Eiswasser, Eislimonade, Eistee und
Eiskaffee vollpumpen, bis der Magen und die Eingeweide
den Dienst versagen und der Sonnenstich eintritt; wo die
heiße Speise auf dem Tisch einen anwidert und im Restaurant heftig kreisende elektrische Fächer einem die Haare
vom Kopf wehen; wo die schmutzigen und ungenügend
gewässerten Straßen nach schmelzendem Asphalt stin-
ken und nach faulenden Küchenabfällen, die in offenen
Blecheimern vor den Häusern in der Sonne stehen, bis der
städtische Kärrner sie abholt; wo die Leute stumpfsinnig
die halbe Nacht in den Straßenbahnwagen herumsausen,
um von etwas Luft umfächelt zu werden; wo der Ruhebe-
dürftige während der Nacht im Bette seines engen Schlaf-
zimmers ein russisches Bad nimmt und der Moskito mit
Hilfe seines spitzen Rüssels einen »Halben« nach dem anderen vom Lebenssaft seines Opfers schlürft (gleichsam
durch einen Strohhalm) und dem armen Opfer noch ein
höhnisches »Prost!« zu summt. Nirgends schattige Bäu-

me, kühle Gärten, luftige Balkone. Sollte man's für möglich halten, dass eine Stadt, die von einer solchen Sommerhitze heimgesucht wird, nicht einmal Balkone an den Häusern kennt? Überall Stein, nichts als glühender Stein! Der Bemittelte vermag sich noch allerlei kleine Erleichterungen zu verschaffen, die die Unannehmlichkeiten der Hitze ein wenig abschwächen. Aber die Leiden der armen Leute in den elenden Mietskasernen sind während des Sommers unbeschreiblich. In den engen, lichtlosen, muffigen Löchern (die sie Zimmer nennen) ist die Hitze tausendfach schrecklicher. Vor Verzweiflung schlafen sie auf den eisernen Feuerleitern am Hause, von denen sie nicht selten im Schlaf hinabstürzen, oder auf den Dächern, oder im Park auf dem verdorrten Grase, nicht nur um ihrer selbst willen, sondern vor allem wegen der bedauernswerten Säuglinge. Trotzdem ist die sommerliche Sterblichkeit unter den Kleinen erschreckend groß. Will der New Yorker sich wirklich Kühlung verschaffen, so muss er am Abend auf den künstlichen Dachgarten eines Hotels oder Theaters, oder er muss eine Reise durch den New Yorker Backofen weit ins Land hinaus oder noch besser an den Meeresstrand unternehmen, nur um dann in diesen abscheulichen Backofen wieder zurückzukehren und dort im eigenen Fett weiterzuschmoren. Wenn ihr wüsstet, ihr Berliner, wie gut es euch dagegen im Sommer geht! Denn eure Stadt wird, verglichen mit New York, im Sommer zum Paradiese – nicht bloß durch die grünen Bäume und blühenden Blumen und reinen Straßen, vor allem durch die erträgliche Temperatur, der die tropische Feuchtigkeit fehlt, die gute Luft, die zahllosen Gartenlokale oder Lokale, die wenigstens im Freien liegen, und die Balkone. Warum geht der Berliner, der eine bequeme Wohnung in angenehmer Lage hat, im Sommer aufs Land? Mir als New Yorker ist das unverständlich. Es gibt keinen schöneren Sommeraufenthalt als Berlin. Das ist meine jüngste Entdeckung. Aber ich halte es für sehr wahrscheinlich, dass auch schon andere das entdeckt, aber nicht gewagt haben, es offen auszusprechen. Keiner hat nämlich eine so geringe Meinung von Berlin wie der Berliner selber. Komisch!

Ich als New Yorker habe das Empfinden, in Berlin und zugleich auf dem Lande zu leben. Es ist eine Täuschung, gewiss. Doch sie ist da. Wenn ich des Morgens in mein freundliches, sonnendurchleuchtetes Esszimmer mit den offenen Fenstern trete, so atme ich eine Art Landluft. Sie kommt von Wilmersdorf her über die grünen Bäume auf der Straße und die Blumen auf den Plätzen und aus den Gärten hinter meinem Hause. Gewöhnlich singt obendrein noch irgendwo eine Drossel. Ich habe drüben in New York nie eine Drossel singen hören. Vor allem besichtige ich meinen Balkon – eine außerordentlich wichtige und zugleich höchst befriedigende Beschäftigung. Ich habe da wilden Wein gepflanzt und Blumen, die ihr Wachstum vertrauensvoll in meine Hände gelegt haben. Man spürt etwas wie Vaterfreuden, wenn sie sich dankbar erweisen und über Nacht allenthalben junge Triebe und Blüten hervorbringen. Überdies – ich finde, man gewinnt dadurch in der Achtung der Nachbarn. Eine ganze Menge Nachbarn interessieren sich bereits lebhaft für mich und meinen Balkon. Zumal die weiblichen Nachbarn scheinen ein besonderes Wohlgefallen an einem männlichen Menschen zu nehmen, der Blumen liebt. Wahrscheinlich deshalb, weil nach Ansicht der Dichter intime Beziehungen zwischen den Blumen und den weiblichen Wesen bestehen. Ein noch deutlicheres Interesse freilich bemerke ich bei den Nachbarn unter mir. Wenn ich meine Pflanzen mit Wasser tränke, so vergehen noch nicht fünf Minuten, und eine wilde Männerstimme brüllt aus der grünen Tiefe meines Gartens hinauf: »Was ist denn das wieda fir eine vafluchte Schweinerei mit dem Wassa da oben – Himmel-Herrjott noch'n mal!« Das Wasser läuft nämlich durch eigens dazu angebrachte Löcher in den Blumenkasten nach unten. Manchmal schließt sich der wilden Männerstimme eine schrille Frauenstimme an, die die Befeuchtung ihrer Bettkissen als den skandalösesten Vorgang des Jahrhunderts bezeichnet – noch skandalöser als eine durch dienstmädchenhafte Leichtfertigkeit herbeigeführte Verstopfung des Müllschluckers. Dann sind im Handumdrehen alle Küchenfenster gegenüber besetzt, und rotbäckige Gesichter weiblichen Geschlechts erbauen sich an der Sensation. Die Inhaberin eines solchen Gesichtes wies einmal mit dem Finger auf mich und rief den empörten Mitbewohnern zu: »Es is im dritten Stockwerk. Da jießt eener!« Ohne Frage ist so etwas sehr peinlich. Wenn ich als New Yorker in Berlin Steuern zahle, darf ich doch meine Pflanzen begießen – nicht wahr? Irgendwohin muss doch das Wasser fließen, wenn keine Abzugsröhren da sind. Wie ich das erste Mal des Morgens goss, belehrte mich die wilde Stimme aus der Tiefe, so etwas machten »vanimpftje« Menschen am Abend. Also goss ich am Abend. Da kam eine andere wilde Stimme und fluchte nach oben, dass so etwas am Morgen gemacht werden müsse. Am Abend brauchten sie sich kein Wasser auf den Kopf gießen zu lassen! Aber auch gelegentliche Spritzer aus der Gießkanne werden unten übel vermerkt. Wie gesagt – dergleichen ist sehr peinlich und kann der Volkstümlichkeit eines Schriftstellers ernstlich schaden. Auch weiß ich nicht, ob nicht infolge meiner ebenso grünen wie unschuldigen Gießkanne schließlich ernste Zerwürfnisse entstehen können, die die guten Beziehungen zwischen Amerika und Deutschland gefährden. Es ist ein Jammer, dass es für Balkone kein Wasser gibt, das nach aufwärts abfließt und meinetwegen als Regen wieder herunterkommt. Merkwürdig – über das Wasser aus der großen Gießkanne des lieben Herrgotts haben die wilden Männerstimmen aus der Tiefe noch nicht geschimpft. Offenbar will das Begießen von Pflanzen auf Berliner Balkonen gelernt sein.

Immerhin stört mir das nicht weiter den Landaufenthalt in Berlin W oder die Freude an meinem Balkon. Welch ein Vergnügen, auf so einem grünen Balkon zu sitzen und zu lesen oder zu arbeiten. Mir erscheint alles heiterer von so einem Balkon aus, gemütlicher, freier. Für gewerbsmäßige Humoristen ist so ein Balkon Goldes wert. Es bedarf dann nur noch einer möglichst schlechten Zigarre, und der Humor spritzt wie das Wasser aus einem Feuerwehrschlauch, Mark Twain wenigstens rauchte mit Vorliebe schlechte Zigarren. Kann auch sein, es bewahrte ihn gleichzeitig vor Zudringlichen. Nicht zu vergessen das Vergnügen, auf dem Balkon frühstücken oder abendbroten zu können. Auch das erweckt das höchste Interesse der Nachbarn. Neulich bemerkte eine sanfte weibliche

Stimme vorwurfsvoll, diesmal irgendwoher aus den Wolken: »Die Amerikana essen schon wieda Schparjel!« Aber da ich niemand erblickte, regte mich die Stimme aus den Wolken nicht weiter auf. Zudem – wenn ich als New Yorker in Berlin Steuern zahle, werde ich doch auf meinem Balkon öffentlich Spargel essen können – nicht wahr? Und überall auf den Balkonen sitzen gleich mir Leute und genießen die idyllische Ruhe. Und vollends am Abend, wenn die Lampen auf den Balkonen ihr mildes Licht erstrahlen lassen und von irgendwoher eine krähende Mädchen-für-Alles-Stimme den ergreifenden Gassenhauer erschallen lässt: »Laura, mach' die Bluse zu!« dann webt die lauterste Poesie ihre Reize um die Balkone.

Aber ich bin keineswegs auf den Balkon angewiesen, um Berlin als Landaufenthalt zu genießen. Ich kann in einem der lauschigen Restaurants zu Mittag essen, die unmittelbar an der Straße liegen, aber doch wieder durch das grünberankte Gitter mit allerlei Gebüsch davor und

das Zeltdach darüber eine Oase in der weltstädtischen Wüstenei bilden. Man tritt hinein und ist urplötzlich allem Gewühl und Gelärm entrückt. Den Kaffee kann ich in »Charlottenhof« trinken, im Schatten der Kaiser-Friedrich-Gedächtniskirche und unter den geheimsten Geheimräten und ihren Gattinnen und Töchtern, die nach Altberliner Sitte den Kuchen selber mitbringen und unglaubliche Mengen davon unter Glockengeläut genießen und unter Glockengeläut die neueste Verlobung von allen Seiten gründlich beleuchten. Wer würde da glauben, dass er in einer Weltstadt ist? Oder wenn ich in das entzückende Grunewaldviertel fahre und in »Hubertus« am See Kaffee trinke, so kann ich mir erst recht einbilden, ich sei mitten in der reizvollsten ländlichen Einsamkeit, während ich immer noch in der Stadt bin, in unmittelbarer Nähe von Maximilian Harden und anderen Wahrzeichen des modernen Berlins. Ich darf mit vollem Recht zu Ansichtspostkarten greifen, darauf schreiben: »Wenn wir so etwas in New York hätten!« und sie an New Yorker Freunde senden. Dazu kämen dann die weiteren Ausflüge in die Potsdamer Idylle oder nach entgegengesetzter Richtung, nach Erkner hin, oder nach Schlachtensee und was weiß ich, wohin sonst noch. So könnte ich Tag für Tag ausfliegen, bald hierhin, bald dorthin, näher und ferner, und hätte zum Schluss immer wieder daheim mein Bad, meinen Eisschrank, meinen Müllschlucker, mein Telefon, das mir die Verbindung mit allen »Kulturträgern« aufrechterhält, meinen Balkon, mein bequemes Bett, meine Ruhe, meine Bequemlichkeit – von Stadt und Land zugleich alle Vorzüge.

Dabei beginnt die Ländlichkeit Berlins eben erst. Sie wird in vollster Blüte stehen nach Beginn der Schulferien, das heißt, mit dem großen Auszug der lärmfrohen Jugend und ihrer Eltern. Dann, wenn der Strand der Ostsee und die Berge von Berlinern wimmeln, wie die Restaurantküche von Fliegen, wenn ganz Deutschland ein einziges Berlin ist, und wenn man in Schweden und Norwegen berlinische Jodler von den Bergwänden widerhallen hört, wenn mit einem Wort nur noch die absolut nötigen Berliner in Berlin sind – dann wird es in Berlin erst recht ländlich und idyllisch sein. Dann werde ich meinen Freunden aus New York, die sich schon angemeldet haben, eine Weltstadt zeigen »wie sie sein soll«. Dann werde ich im einsamen Grunewald-Restaurant behaglich zu Mittag speisen, während sechs Kellner ehrfürchtig den seltenen Sommergast umstehen. Dann werde ich im tiefsten Dickicht ruhig unter einem Baume ein Mittagsschläfchen machen können, ohne dass ich alle fünf Minuten zu Tode erschrocken erwache, weil mir Schulzes oder Müllers pürschender Dackel seine eiskalte Nase ins Gesicht steckt. Dann hoffe ich bei Drosselgesang in ungeheuren Mengen Wasser von meinem Balkon strömen lassen zu dürfen das Vergnügen zu haben, ohne dass wilde Männerstimmen aus der Tiefe nach oben fluchen. Dann wird Berlin ein Dorado sein. Darauf freue ich mich.

11. ENTDECKUNG

Berlin von der Rundfahrtkutsche aus gesehen – Die drei Fahrgäste aus Yankeeland – Papa James vermisste die Wolkenkratzer – Warum ihm die Siegesallee gefiel und warum er das »Mausoleum« weihevoll fand – Millie und die Leutnants – Bismarck und Jottlieb Müller * * * * *

Neulich, als ich an einem Frühsommertag in einem Café der Straße *Unter den Linden* saß und sinnenden Auges auf das Treiben und Hasten blickte (Schriftsteller müssen allemal sinnenden Auges auf etwas blicken), fiel mir ein, dass ich genau genommen Berlin immer noch nicht entdeckt hatte. Ein betrüblicher Gedanke! Aber wie ich das sinnende Auge weiterwandern ließ, blieb es plötzlich auf einem langen, hohen und überaus gelben Wagen haften, vor den vier Pferde gespannt waren. Ganz oben thronte ein sehr vornehmer Kutscher, und noch über ihm leuchtete durch die Luft das geheimnisvolle Wort Rundfahrt. Und schon kam die Erleuchtung über mich, dass ich auch hier in die Ferne geschweift war, wo das Gute so nahe lag, dass es nur einer Rundfahrt bedurfte, um Berlin auf die einfachste Weise von der Welt zu entdecken. Der Fremde, der New York gleichsam im Extrakt genießen will, setzt sich ja ebenfalls auf eine Rundfahrtkutsche, die im Volksmunde »Gummihalskutsche« heißt, weil die beständig nach hinten gedrehten Köpfe der Fahrgäste auf Gummihälsen zu sitzen scheinen. Also erstand ich eine Fahrkarte und erklomm eine seitwärts an den Wagen gestellte Leiter, die eine lustige Ähnlichkeit mit einer

Hühnerstiege hatte. Oben saßen schon eine ganze Menge Hühner, die jedes neue Huhn misstrauisch beäugten. Eine Weile mussten wir in der Sonne braten, dann ging's los. Ich sah mir meine Rundfahrtgenossen an. Es waren meistens Leute aus der Provinz, dann einige Ungarn, einige Dänen. Mir schräg gegenüber saß ein dürrer Landsmann aus Dollarika, wahrscheinlich aus dem westlichsten Westen, nebst Frau und Töchterchen, sehr elegant, sehr hager und auf irgend etwas mit stummer Andacht herumkauend – jedenfalls dem nationalen »Kaugummi«. Was machte die Amerikanerin ohne ihren geliebten »chewing-gum«? Wenn er sie einmal stört, zum Beispiel beim Klavierspielen, so klebt sie ihn unter den Pianosessel oder unter die Klaviatur. Man kann in Amerika kaum unter einen Stuhl fassen, ohne dort auf ein angepapptes Stück Kaugummi zu stoßen. Ich habe den kostbaren Kaugummi schon unter dem Sitzbrett von Ruderbooten und unter dem Rand eines Bettes im Hotel gefunden, wo ihn das weibliche Wesen vor dem Einschlafen in Sicherheit gebracht und dann vergessen hatte. Dass er überall vergessen wird, das ist das grässliche an ihm. Und der Ausrufer der Sehenswürdigkeiten, den wir in New York »Beller« nennen, begann seines Amtes zu walten. Ich war sehr gespannt, wie er das machen würde. In New York ist der »Beller« oft immer ein Humorist (wie alle Amerikaner), der jede Sehenswürdigkeit mit trockenen Witzen begleitet, zur Erheiterung der Fahrgäste. Das macht die Sehenswürdigkeiten bedeutend schmackhafter.

»Dies, meine Herrschaften«, bellte der Ausrufer, »ist *Unter den Linden*. Was Sie da rechts sehen, ist die amerikanische Botschaft!« Die drei aus Yankeeland waren ganz Auge. Papa vermisste zunächst »our glorious flag«, Mama

fand, dass das Haus schäbig aussehe und in gar keinem
Verhältnis zur »Größe unseres Landes« stehe, das Töchterchen sagte: »Eine Schande – der Kongress sollte endlich
das Geld für ein anständiges Botschaftsgebäude heraus-
rücken!« und kaute weiter. Die entzückende französische
Botschaft veranlasste bei ihnen, eben wegen des überaus
vorteilhaften Gegensatzes zu ihrer eigenen, neue patrioti-
sche Beklemmungen. Ich konnte den Jammer nicht länger
ansehen und tröstete sie mit der Versicherung, dass die
Vereinigten Staaten bald ein sehr vornehmes Quartier in
vornehmer Tiergartengegend bekommen sollten. Da fühlten sie sich wieder besser, freuten sich auch sehr, dass sie
»einen von der anderen Seite« getroffen hatten. Millie, das
Töchterchen, wurde sofort zutraulich und wollte wissen,
wo sie guten Candy bekäme. Ja, und wo denn die Wolkenkratzer wären? Ich versicherte ihnen, dass es in Berlin verschiedene Wolkenkratzer gäbe, nur seien sie nicht so hoch,
weil die Wolken in Berlin niedriger hängen. Darüber lachte

Papa James fürchterlich. In die Kunstakademie, ergänzte ich den »Beller«, hat die amerikanische Bilderausstellung stattgefunden. Davon hatte Mama in ihrer Zeitung daheim gelesen, und dass sie schlecht besucht gewesen war und allgemein enttäuscht hatte, weil sie sogar nichts Amerikanisches hatte. »Unsere Maler können nichts!« meinte Papa James. »Oh doch«, verbesserte Mama, »denke nur an Sargent und Hassam!« Papa James hatte nie von ihnen gehört. »Brandenburger Tor mit dem Siegeswagen, 1807 von den Franzosen nach Paris geschleppt, 1813 von Blücher wieder zurückgebracht!« Mama, die etwas Deutsch verstand (wahrscheinlich von deutscher Herkunft), verdolmetschte alles. Die Soldaten an der Wache gefielen Millie sehr. Sie hatten so friedliche Gesichter und sahen so sauber aus, und es erschien ihr auffällig, dass sie keine Brillen trugen und keinen Schmerbauch hatten. Wozu sie da wären? Ich erklärte es ihr. »Komisch!« sagte Millie. »Und sie gehören alle dem Kaiser – tun sie nicht?« Auch darüber hielt ich einen aufklärenden Vortrag. Aber sie fand die Soldatenlosigkeit daheim doch besser. Die Gelegenheit benutzte ich, um den Scherz von dem deutsch-amerikanischen Milizsoldaten im Bürgerkriege aufzuwärmen, der auf Posten stand und seinen Milizoberst nicht grüßte, worauf der Oberst, der ebenfalls geborener Deutscher war, ihn zur Rede stellte und bemerkte: »In Deutschland flögst du dafür ins Loch!« Unbeirrt erwiderte der andere: »Ja, in Deutschland wärst du Kamel auch nicht mein Oberst!« Weiter ging's. »Die Siegesallee enthält 32 Denkmäler der Vorfahren unseres Kaisers bis zu Wilhelm I.« Nun waren die drei zum ersten Male begeistert. Prachtvoll! Höchst künstlerisch! Und so schön weiß! Papa James wollte wissen, wie viel die zweiunddreißig gekostet hatten. Ein New

Yorker Rundfahrt-Beller würde das sicher wissen. »Sechzehn Millionen Dollars!« log ich. »Das Stück eine halbe Million Dollars mit allem, das so drum und dran hängt!« Ich konnte dem Mann doch nicht alle Illusionen rauben. Wenn ich ihm nicht den Preis genannt hätte, und zwar einen recht hohen, er hätte nur die halbe Achtung vor den Ahnen des Kaisers gehabt.

»Hier, meine Herrschaften, ist die Tiergartenstraße, der Wohnsitz der oberen Zehntausend!« Jedermann im Wagen war der Ansicht, dass diese oberen Zehntausend prachtvoll wohnten. Mir fiel wieder auf, um wie viel prachtvoller als die New Yorker Dollarkönige, deren Häuser kahl und öde ohne Grün an der Fünften Avenue stehen, mit einigen wenigen Ausnahmen, wie die Paläste der Stahlkönige Carnegie und Frick. Aber es enttäuschte das Yankeekleebatt wieder fürchterlich, dass der »Beller« die einzelnen »Zehntausend« nicht beim Namen nannte, ihr Geschäft nicht wusste und vor allem nicht ihr Vermögen. Der New Yorker »Beller« weiß das alles ganz genau. Er weiß sogar, was die riesigen Steinplatten vor den Häusern der Vanderbilts kosten und die Kunstschmiedetüren am Palast von Carnegie. »Das Denkmal Richard Wagners von Eberlein!« Papa James kannte Wagner. Er hatte ein »Oratorium« von ihm gehört, Pa–pa–pa– »Parsifal!« half ihm seine Frau. Ja richtig! Nur sei es kein Oratorium, sondern eine Art Festspiel. Millie fand es wieder sehr »komisch«, dass Wagner so starr in die Baumgipfel guckte und dazu mit der rechten Faust wütend auf die Stuhllehne schlug. Und weiter ging's durch die Friedrich-Wilhelm-Straße, über die Herkulesbrücke am Landwehrkanal, den französische Kriegsgefangene von 1870 hatten ausgraben müssen, hinein in die Maaßenstraße. Dort bekamen wir das erste Pröbchen des Berliner

Volkshumors zu kosten. »Hier, meine Herrschaften (rief der Kutscher eines Müllwagens), sehen Sie die unerreichte Berliner Müllabfuhr – riechen Sie nischt?« Das erregte allgemeines Gelächter. Wir entdeckten nun die Hoch- und Untergrundbahn, danach das Kaufhaus des Westens mit den blumengeschmückten Fenstern, das der Familie von Papa James außerordentlich imponierte. Er hatte schon gehört, dass sie in Berlin großartige Kaufhäuser ganz wie in New York und Chicago hätten. Auch wunderte er sich über die Menge kleiner und eleganter Geschäfte daneben. An der Kaiser-Wilhelm-Gedächtniskirche wollte er wieder wissen, was sie gekostet habe, während Mama bemerkte, die Berliner müssten sehr fromme und gottesfürchtige Leute sein, weil sie so viele und schöne Kirchen hätten. Dann tauchten in der Tauentzienstraße plötzlich barfüßige Jungen auf, die auf dem Bürgersteig neben dem Wagen herliefen und im Laufen Purzelbäume schlugen. Dafür wurden ihnen vom Wagen kleine Geldstücke zugeworfen, um die sie sich balgten. »Jeben Sie nich alles Kleinjeld wech,« ermahnte der »Beller«, »es kommen noch mehr!« Wer von den Jungen ein Geldstück erwischte, steckte es in den Mund und purzelte weiter. In der Tasche wäre es nicht sicher genug gewesen. »Haha!« lachte Papa James vergnügt. »Das sind tüchtige Geschäftsleute!« Hinter dem »Zoloschen« versuchte ein Purzelbaum-

knabe, wieder etwas Geld zu erpurzeln. Doch der »Beller« bellte ihm zu: »Jib's man uff. Die Konkurrenz hat schon alles in der Tauentzienstraße wechjeschnappt!«

Am Charlottenburger Schloss stiegen wir aus und wanderten zum »Mausoleum«. Innen bei den herrlichen Grabdenkmälern waren die Dollarikaner sehr gerührt. Papa James schob sich an mich heran und flüsterte ergriffen: »Wie viel hat das gekostet?« Ich flüsterte zurück: »Fünf Millionen Dollars!« »Sehr weihevoll!« flüsterte Papa James in tiefer Bewegung. Im nahen Restaurant wurden Erfrischungen eingenommen. Millie blieb nichts weiter übrig, als ihren Kaugummi für einige Zeit unter ihren Stuhl zu kleben. Danach fand die Rückfahrt statt und es gab weiter heitere Zwischenfälle. Als der »Beller« von den 4000 Studenten der »Technischen Hochschule« sprach, ermahnte ihn ein vorüberfahrender Droschkenkutscher, »man nich wieder so ville uffzuschneiden«, während eine hübsche Spreewälder Amme, die auf einer Bank saß und auf die der »Beller« besonders aufmerksam machte, die Zunge heraussteckte. An der Charlottenburger Brücke wunderte sich Millie über die Menge von Stoff, den Sophie Charlotte für ihr Kleid benutzt hatte. Nun umfing uns wieder der kühle Schatten des Tiergartens. Ein glücklicher Zufall wollte es, dass gerade das kaiserliche Automobil vorüberkam. Die drei Dollarikaner gerieten in höchste Aufregung. Millie wehte mit dem Taschentuch und behauptete sodann, der Kaiser habe sie besonders gegrüßt. Übrigens fand sie ihn »just lovely«, während Papa James die Erwartung aussprach, der Kaiser werde mal nach Amerika kommen. Er werde den »größten Spaß seines Lebens« haben.

Und immer neue Entdeckungen harrten unser: der Königsplatz und die Siegessäule (Siegesspargel auf berlinisch) und der Reichstag und Bismarck. Als der »Beller« Bismarck nannte, deutete ein Arbeitsloser neben dem Denkmal auf seinen Freund und fügte hinzu: »Un det hier is der Jottlieb Müller aus der Invalidenstraße!« Dann National-Galerie, Museum, Dom, Zirkus Busch, Kaiser-Friedrich-Museum, das Schloss, Lustgarten und die gerade mit klingendem Spiel aufziehende Schlosswache. Das war wieder etwas für Millie, zumal der Leutnant. Sie verglich den Leutnant mit einem Pfirsich und gestand, sie habe immer das Gefühl, sie möchte »etwas dieser Art« (something like that) auf ihrem Schreibtisch haben. Ob sie gut zum Heiraten seien, diese Leutnants, fragte sie mich. Doch Mama bat sie, nicht so törichtes Zeug zu reden.

Wunderbar, was man alles auf so einer Rundfahrt innerhalb dreier Stunden entdecken kann!

12. ENTDECKUNG

*Billy und ich entdeckten das amerikanische Berlin –
Seine Freude über den »Highball« – Als die Schlosswache einen »Cakewalk« spielte – Wie Billy sich am »Luna-Park« berauschte einschließlich Liszts »Präludien«*

Mein Freund Billy schrieb mir vor kurzem aus
New York folgenden Brief: »Also ich habe mir
kurz entschließt, weil ich eine Erholung gebrauche, zu die andere Seite zu kommen und erst London zu
sehen und dann Paris und zuletzt Berlin. Ich denke, sechs
Tage werden tun fir Berlin, um alle die Sehenswürdigkeiten einzunehmen und die Stadt rot anzustreichen, wie wir
in amerikanisch sagen. And how are the girls over there?
Charlie sagt, es giebt hibsche Mädchens beim Fass in Berlin, und sie sind sehr nett zu Einem, wenn man die Tasche
voll Hühnerfutter (Amerikanismus für Kleingeld) hat, und
sie wissen ein Yankee-Boy sein Bein zu ziehen (Amerikanismus für jemand sein Geld abzuknöpfen). Tu ein Fass
Minchener an Eis für mich, will you? Und vergesse nich,
einige Flaschen Whiskey und Sodawasser nebst ein Wagen voll Strohhalme. Wenn ich Quartier im Schloss haben
kann fir Nichts, will ich gern eine Vorlesung dafir halten in
der University über die Kunst, Geld zu machen, und doch
wie ein anständiger Mensch auszusehen. Auf Wiedersehen! Ich telegraphe meine Ankunft mit dem Train. Lovin-
gly your Billy.

How do you like my German? Es wird besser alle Zeit,
denkst du nich?«

Diese verdrehten Briefe des verdrehten Billy kenne ich seit langem. Sie haben mich und andere oft erheitert. Aber ich finde es doch nett, dass Billy, der nie deutschen Unterricht genossen, hat, sich auf meinen Rat bemüht, Deutsch zu schreiben und auch zu sprechen. Verwünscht sei, wer schlecht davon denkt! Und dieser Tage ist Billy auch richtig auf dem Lehrter Bahnhof aufgetaucht – in weiten Hosen, in einem Rock mit ungeheuer breiten, wattierten Schultern, so dass er wie ein Ringkämpfer aussieht, ohne Weste, in ungeheuer breiten Stiefeln, mit denen er eine ganze Droschke nebst Gaul tottreten könnte, mit einem zu kleinen Strohhütchen, schief auf dem Ohr, und dem üblichen kurzen Briarpfeifchen im Mund. Ich packte ihn in eine offene Droschke und fuhr mit ihm nach *Unter den Linden*, damit die Berliner sich erst einmal an seinen Anblick gewöhnten. Das fand er sehr richtig. Als wir an der Wache am Brandenburger Tor vorbeikamen, präsentierte der Posten gerade vor einem General. Billy nahm sein Hütchen ab und erklärte lachend: »So gehört sich's – vor jeden Yankee muss die Flinte presented werden.« Er sah sich rechts und links um.

»By Jove!« rief er plötzlich, »das sind doch Yankees, die da gehen!« Er hatte richtig gesehen. Die »amerikanischen« Hotels waren wieder mal voll von Yankees. Daher wimmelte es von ihnen auf der Straße. Als wir sein Hotel betraten, wurde um uns herum nichts als Amerikanisch (Englisch durch beide Nasenlöcher) gesprochen. Das versetzte Billy in eitel Entzücken. Er erklärte, er habe das Gefühl, in den »States« zu sein. Worauf ich ihm erwiderte: »Nur Geduld, Billy, du wirst noch ganz andere Überraschungen haben, du wirst mit mir das amerikanische Berlin entdecken, dass dir rot, weiß und blau vor Augen wird.« »Hurrah for the red white and blue!« rief Billy, nach dem Refrain des bekannten Nationalliedes, das die drei Farben der amerikanischen Fahne besingt.

Am nächsten Morgen machten wir uns zusammen auf die Wanderung, das amerikanische Berlin zu entdecken. Zunächst führte ich ihn in einen amerikanischen Schuhladen, wo er von dem Verkäufer sofort als Landsmann erkannt und auf amerikanisch begrüßt wurde. Billy wusste sich vor Freude nicht zu lassen. Er kaufte flugs ein Paar neue »Fährboote« (wie er sich ausdrückte), dann bestieg er den echt amerikanischen Putzstuhl und ließ sich von einem echt amerikanischen Schwarzen auf echt amerikanische Weise die alten »Fährboote« putzen. Dabei unterhielt er sich vergnügt mit dem Schwarzen, fragte ihn, aus welchem Teil der Vereinigten Staaten er komme, wie ihm Berlin gefalle, ob er Teddy gesehen habe – und so weiter. Als der »angerauchte Yankee« (wie der amerikanische Neger scherzhaft genannt wird) über Billys nobles Trinkgeld grinsend die weißen Zähne leuchten ließ, bemerkte Billy: »Es tut wohl, so ein echt amerikanisches Negergrinsen in Berlin sehen zu können.« In gehobener Stimmung verließ er den Laden. Seine Stimmung stieg noch höher, als ich vor einem Schaufenster haltmachte und stumm auf eine Inschrift wies, die besagte: »American mixed drinks. All sorts of Whiskey.« Schon war er drinnen und traktierte mich an einer echten »Bar« mit einem echten »Highball« (Whiskey und Soda), während ich mich mit einem ebenso echten »Gin-fizz« erkenntlich zeigte, wie's der gute amerikanische Ton im Trinken fordert. Den Schluss bildete ein »Manhattan cock-tail«, den ich auf das Wohl des heiligen Popert (des deutschen Abstinenz-Häuptlings), und der gesamten deutschen Abstinenzler trank. Ich erzählte Billy, dass wir sogar echt amerikanische Abstinenzler in Deutschland hätten, und er erwiderte lachend, dass das ein ausgezeichneter Witz sei. Billys Erstaunen wuchs, als ich ihm ein Geschäft zeigte, wo er die herrlichsten eingemachten oder frischen kalifornischen Gemüse und Früchte, ja sogar den berühmten amerikanischen »Candy« und »Kaugummi« erhalten konnte. Als er dann noch »American opticians« erspähte, wo es echt amerikanische Kneifer gab, beschloss er, sich über nichts mehr wundern zu wollen. Ich machte ihn noch auf verschiedene Friseurläden aufmerksam, wo er sich auf amerikanische Weise den Kopf waschen, die Fingernägel und sogar die Fußnägel in Ordnung bringen lassen konnte, ferner auf verschiedene Läden, wo er neue Klingen für seinen amerikanischen Sicherheits-Rasierapparat bekäme sowie amerikanische Rasierseife. Denn Billy rasiert sich selber. Wie wir abermals *Unter den Linden* herumwanderten, kamen wir an einem amerikanischen Schneider vorüber, bei dem man sich einen echt amerikanischen, weiten Sackanzug machen lassen kann. Im selben Augenblick schwenkte die Schlosswache aus der Universitätsstraße um die Ecke –

ein Paukenschlag, und die Kapelle begann einen echt amerikanischen »Cakewalk« zu spielen. »Wieder dir zu Ehren, Billy – was sagst du da–a–a–a–zu?« Billy schwenkte sein Hütchen und rief begeistert: »Hurra for Uncle Sam!« Zwei Yankeestimmen näselten von irgendwoher lachend zurück: »Hurra!«

Und immer neue amerikanische Überraschungen erlebte Billy. Am Nachmittag überreichte ich ihm vor allen Dingen eine in Berlin erscheinende amerikanische Zeitung, die über alle wichtigen Geschehenisse in der amerikanischen Kolonie berichtet, als da sind der Umzug von Mrs. Brown, der Schnupfen von Miß Smith, die Verlobung von Mr. Jones, das neue Automobil von Mr. White, das Klappbett, das sich heimtückisch über Mrs. Thomson geschlossen hat. Auch er, Billy, werde umgehend als in Berlin angekommen dort zu lesen sein. »Ganz wie bei uns in der kleinen Stadt, wo ich geboren bin!« meinte Billy selig. »Wonderful, simply wonderful!« Ebenso wundervoll erschien es ihm, dass er in jedem größerem Café oder im Büro der Chicago Daily News *Unter den Linden* die bekanntesten amerikanischen Zeitungen lesen könne. Und ich führte ihn durch das amerikanische Viertel, wo sich die Leute umdrehen, wenn einer Deutsch spricht, zeigte ihm Tennisplätze, wo er mit seinen Landsleuten Tennis spielen konnte, und amerikanische Zahnärzte, wo er sich auf amerikanisch Zähne ziehen und ausbessern lassen konnte, sowie die amerikanische Kirche, wo er am Sonntag seine zahllosen Sünden bereuen konnte, darunter die größte, die skandalöse Dollarmacherei. Er erklärte aber, mit dem Bereuen lieber zu warten, bis er wieder »drüben« sei. Und weiter schritten wir. Er bewunderte das Portal des »American Roller Skating Rink«, und als wir an einer Litfaßsäule stehen blieben, wies Billy mit einem triumphalen Lachen auf eine Anzeige, worin ein gewisser Joe Edwards seinen amerikanischen Boxunterricht empfahl. »Da muss man sich ja hiten,« meinte er, »in Berlin gegen jemand seine Faust zu rennen, sonst erhält man einen gut amerikanischen Niederschlag.« Das grässliche Deutsch war wieder alles geradewegs aus dem Englischen übersetzt.

Am Kurfürstendamm bestiegen wir eine Elektrische, und ich versprach ihm als Krone seiner amerikanischen Erlebnisse einen echt amerikanischen Abend. An den Terrassen am Halensee stiegen wir aus. Als Billy das Wort »Luna-Park« las, war er völlig verdutzt. Dass er etwas Ähnliches wie das berühmte Vergnügungslokal gleichen Namens in Coney Island, dem Riesen-Jahrmarkt an der See dicht bei New York, in Berlin finden sollte, wollte ihm nicht in den Kopf. Etwas misstrauisch durchschritt er die Bogengänge, mangels sonstiger Schönheiten verziert mit schreienden Anzeigen von Likören und Eiskümmel (was Billy sehr anheimelte), und schwenkte sofort rechts ab nach »Luna-Park«. Es war alles bereits in schönstem Gange. Musik schmetterte, Räder sausten und surrten, es knallte, polterte, klatschte, klirrte, pfiff ringsum, dazwischen jauchzten und kreischten helle weibliche und lachten tiefe Männerstimmen. »Echt amerikanisch! Echt amerikanisch! Das reine Coney Island – is it possible?« Er stand wie einer, der beten wollte, voll Andacht über diesen Inbegriff raffinierter amerikanischer Vergnügungskunst – in Berlin ausgerechnet! Dann war kein Halten mehr. Er stürzte sich zuerst in das Lachhaus, wo ihm der Mann mit der drehbaren Windpuste vor allen Dingen das Hütchen vom Kopfe pustete, als er die Wackeltreppe hinaufwackelte. In Coney Island machen sie das übrigens besser. Da wird dem

Besucher urplötzlich der Hut vom Kopf gerissen, wenn er ahnungslos an einem versteckten Loch im künstlichen Felsen vorübergeht, aus dem ein fürchterlicher Luftstrom pustet. Danach merkt er erst, warum nicht weit davon so viele Menschen lauerten und ihn mit teuflischem Grinsen beobachteten. Dann genoss Billy den »Wackeltopp«. Hierauf folgte die Gebirgsbahn. Wenn beim jähen Sturz in die Tiefe Herz, Magen, Leber, Lunge, Milz und Eingeweide miteinander Cancan tanzten, rief er begeistert: »O meine Eingedärme! Genau wie in Coney Island! Just lovely!« Warum wird übrigens den

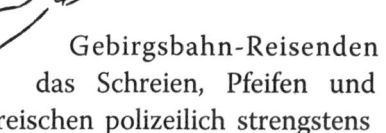

Gebirgsbahn-Reisenden das Schreien, Pfeifen und Kreischen polizeilich strengstens verboten? Es gibt sicherlich kein weibliches Wesen, das bei solchen Vergnügungen nicht schreit oder kreischt, weil es eben muss. Selbstverständlich nahm Billy auch die Wasserrutschbahn mit. Er sauste gleich zweimal hintereinander in die Tiefe, und als er auch hier noch einige Landsleute traf, die irgendwie geschäftlich mit der Rutschbahn in Verbindung stehen, kannte seine Wonne keine Grenzen. Auch die teuflische Drehscheibe entging ihm nicht. Hier wusste er's so einzurichten, dass er allemal gegen ein reizendes Mägdlein unter den Zuschauern flog, um eine möglichst natürliche Annäherung herbeizuführen. Er trank noch rasch als etwas Neues eine »Weiße mit Himbeersaft« und verdaute dann die Vergnügungen auf der Bierterrasse mit Hilfe von Roastbeef und Musik. Vor Beginn von Liszts »Les Preludes« las ich ihm die im Programm gedruckte Erläuterung vor, die beginnt: »Was anders ist unser Leben als eine Reihenfolge von Präludien zu jenem unbekannten Gesang, dessen erste und feierliche Note der Tod anstimmt? Die Liebe ist das leuchtende Frührot jedes Herzens. In welchem Geschick aber wurden nicht die ersten Wonnen des Glückes von dem Brausen des Sturmes unterbrochen, der mit rauhem Odem seine holden Illusionen verweht, mit tödlichem Blitz seinen Altar zerstört, und welche im Innersten verwundete Seele suchte nicht gern nach solchen Erschütterungen in der lieblichen Stille des Landlebens« –

»Erschitterungen?« fragte Billy, glückselig, endlich etwas begriffen zu haben. »Ich bin nich erschittert worden, ich kennte gleich noch einen Ritt in die Gebirgsbahn nehmen. Ich habe nich geglaubt, dass es so viel amerikanischen Spaß in Börlinn gibt – ich bleib' eine ganze Woche hier!«

Dann kam der fröhliche Walzer aus der »Dollar-Prinzessin«. Da beschloss Billy, zwei Wochen in Berlin zu bleiben.

13. ENTDECKUNG

*Wie der Berliner ins Seebad fährt – Vom Säugling, der aufzuweichen drohte – Der Strohwitwer-Zug nach Swinemünde und der Empfang der Strohwitwer durch die Strohwitwen – Swinemündes Reize – Das Leben am Strande – Kurparkzauber * * * * * * * * * * * * * * ***

Der Hochsommer ist die Zeit, wo der Berliner sein Leben in vollen Zügen genießt, teils in Bummelzügen, teils in Schnellzügen, die ihn an die See oder in die Berge entführen. Die Berliner, die man auf der Straße und in den Lokalen trifft, stammen meist aus dem dunkelsten Deutschland oder aus noch dunkleren Gegenden. So kam mir der Gedanke, zur Abwechslung Berlin an der See zu entdecken und zugleich das deutsche Seebad mit dem amerikanischen zu vergleichen.

Zunächst sah ich mir einmal den Auszug der Kinder Berolinas an. In der Gepäckabfertigung herrschte eine Aufregung, die überaus komisch wirkte, besonders bei den Frauen. Sie stürzten mit hochroten Backen, rollenden Augen und fliegenden Haarsträhnen wie sinnlos hin und her, schreiende und heulende Kinder hinter sich herzerrend. Alles machten sie verkehrt, über alles stolperten sie: über den Mann, die Kinder, die Gepäckträger, die Mitreisenden, ihre Sachen, über sich selber. Eine von ihnen jagte vor dem Bahnhof mit einem ruhig schlafenden Baby auf dem Arm herum, dem der Regen ins Gesicht tröpfelte. »Aba liebe Frau,« meinte ein Gepäckträger, »der janze Säuchlink weicht Ihnen ja uff!«, und er zog ihm gutmütig die

Decke übers Gesicht. Ganze Berge von Gepäck führten sie mit, ganze Betten. Was sie mit den Betten wollten, verstand ich nicht. Nie hatte ich in Amerika Leute mit Bettzeug in die Ferien reisen sehen. Das Bettzeug wurde mir erst später an der See klar. Dann rief der Bahnhofsportier: »Der Zug fährt in fünf Minuten!«, und die umherjagende Reisegesellschaft schien bei den Worten den Verstand zu verlieren. Welch eine unerschütterliche Ruhe entfaltet der Amerikaner, wenn er reist.

Ich wanderte die uralte Straße aller Ostseepilger: Stettiner Bahnhof–Swinemünde, sämtliche Taschen vollgepfropft mit »Führern durch die Ostseebäder«. Man könnte diese Führer eigentlich Ostsee-Baedeker nennen.

Zu amerikanisch-deutschen Vergleichen hatte ich reichlich Gelegenheit. Als ich im Zuge saß, hörte ich, wie die Mitreisenden vom »Ehemänner-Zug« sprachen. Er wimmelte nämlich von Strohwitwern, die zum Wochenschluss an den Meeresstrand zu den Strohwitwen eilten. Auch die Bezeichnung »Strohwitwer-Zug« hörte ich und noch komischere. Es war eine überaus fröhliche Gesellschaft. Auf jedem Gesicht (namentlich den jüngeren) spiegelte sich die Freude über die Aussicht, wieder mal auf 24 Stunden alles Strohs ledig werden zu können. Fast jeder Ehemann führte einige geheimnisvolle Pakete bei sich, die irgend etwas »unumgänglich Notwendiges« für die Gattin oder die Töchter enthielten. Einer kam auf die geniale Idee, die anderen raten zu lassen, was er in den Paketen hatte. Wer das Richtige traf, sollte als Preis eine Zigarre erhalten. Die übrigen taten das gleiche. Es gab eine entzückend lustige Unterhaltung. Ich gewann zwei Zigarren. Genau denselben Zug haben wir während des Sommers in New York. Auch denselben Namen hat er. Und dieselben Szenen spielen sich bei seiner Ankunft ab – freilich mit einem sehr bedeutsamen Unterschied. Die Berlinerin ist beim Empfang des Gatten unendlich zärtlicher als die New Yorkerin. Himmel – waren das Küsse! Aus einem einzigen dieser Küsse konnte man mindestens sechs für die New Yorkerin machen. Sie waren größer, sorgfältiger zubereitet, zugleich auch explosiver. Sie erinnerten mich an die Riesen-Feuerwerkskörper, die drüben zur Feier des Unabhängigkeitstages abgebrannt werden und so viel Unheil anrichten. Ab und zu glaubte ich, jemand hätte neben mir eine Flasche Champagner geöffnet, und ich blickte unwillkürlich in die Höhe, um den Korken fliegen zu sehen – wahrhaftig! Und dann hatten diese Küsse etwas, das mir irgendeinen Zusammenhang mit einem besonders wirksamen Klebestoff zu haben schien, etwa mit Fischleim oder so etwas Ähnlichem. Bei einem Kuss habe ich bis zehn gezählt (ein gewissenhafter Schriftsteller greift in solchen Fällen unbedingt zu Zahlen). Von den Umarmungen gar nicht zu reden! Denn auch in Umarmungen wurden Leistungen vollbracht, von denen man in Dollarika keine Ahnung hat. Es wurden ohne Zweifel Rekorde gebrochen. Doch können's auch Korsettstangen gewesen sein. Vielleicht sogar Rippen. Genau weiß ich's nicht. Jedenfalls erstaunte ich über die Virtuosität mancher Ehemänner im Umarmen, während jede Hand mehrere Pakete hielt. Ein Ehemann umarmte die Frau, die Schwiegermutter, das Baby mit dem Kindermädchen und streichelte zugleich noch den Dachshund, der an ihm in die Höhe sprang. Und dabei regnete es noch. Um ein Haar wäre ich aus Versehen in zwei weit ausgebreitete Arme mit verschwunden, denn die Männlein und Weiblein küssten wie rasend um sich, nach rechts und links. Unverheirateten Damen, vor allem den jüngeren, lief vernehmlich das Wasser im

Munde zusammen, und auf ihren Gesichtern war der feste Entschluss zu lesen: »Wenn ich in etwas trete, so wird es der heilige Stand der Ehe sein!« Insofern haben diese Strohwitwer-Züge eine tiefe sittliche Bedeutung. Aber es wäre aus Gründen des Verkehrs doch ratsam, wenn die Direktion der Stettiner Eisenbahn für solche Fälle besondere Kusshallen errichtete mit der deutlichen Inschrift: »Hier können Familien Küsse tauschen.« Nicht dass es nötig wäre, Neugierige zu warnen nach dem Vorbild des Herrn Polizeipräsidenten. Aber das Recht auf den Bahnhof geht für Nicht-Strohwitwer und Nicht-Strohwitwen völlig verloren. Den Strohwitwen und Strohwitwern wiederum wäre mit besonderen Kusshallen sicherlich gedient. Ich habe das Gefühl, dass der Kuss unter freiem Himmel, zumal wenn es regnet, und mit Paketen in der Hand, nicht den halben Reiz hat wie der Kuss in geschlossenem Räume. Auch das wird eine Königliche Eisenbahn-Direktion mit Leichtigkeit entscheiden können.

Und während die entstrohten Witwen ihre Männer nebst den übrigen Paketen im Triumph nach Hause geleiteten, fand ich Unterschlupf in einer der reizenden Villen von Swinemünde, in einem Zimmer, zu dessen offenen Fenstern Kletterrosen und grüne Zweige hineinlugten und ein Fink seinen Willkommengruß hineinschmetterte. Vor Jahren hätte ich zunächst zum Pegasus gegriffen; jetzt erschien mir das Rasiermesser wichtiger. Wer jenseits der Jünglingsjahre gelangt, erkennt sehr bald, dass der Lyriker-Beruf eine genau so lächerliche Schwärmerei ist wie die Schwärmerei für den Droschkenkutscher oder den Konditor oder den Lokomotivführer. Ich finde, man wohnt herrlich in Swinemünde, wie in einem großen, wunderhübschen, wohlgepflegten Garten. Die Villen sind ebenso stattlich wie elegant. Nicht weniger reizvoll ist der Strand mit seinen freundlichen Hotels im Villenstil und den geschmackvollen Anlagen. Dann weiter unten das Meeresufer mit seinem weißen Sand und darauf wie eine Art Wohnviertel für sich die zahllosen Strandkörbe mit ihren lustigen Fahnen und Wimpeln und vergnügten Berlinern und Berlinerinnen darin, die an kleinen Klapptischen Karten spielen oder ihre Zeitung lesen oder irgend etwas häkeln. Dazu allenthalben das Gekribbel seliger Kinder, die mit Hingebung aus Sand Märchenschlösser bauen oder Gräben ziehen. Und dann als Abschluss das weite, blaue Meer. Im Sonnenglanz ergab das alles ein Bild von berückender Schönheit, von einem strahlenden Glanz, von einer brennenden Leuchtkraft der Farben, die an der See stärker erscheinen als im Binnenlande. Mir fiel auf, wie ganz anders hier alles war als in amerikanischen Seebädern, vornehmlich den Seebädern in der Nähe New Yorks. New York an der See ist himmelweit verschieden von Berlin an der See. Das Seebad der New Yorker kennt nicht die hoch am Strand liegenden villenartigen, solide aus Stein gebauten Hotels mit ihrer mannigfaltigen Architektur, mit ihren Cafés und Restaurants und Konditoreien, die dem Deutschen so unerlässlich wichtig und dem Amerikaner so unwichtig erscheinen. Von einigen Ausnahmen abgesehen, besteht das Seebad des New Yorkers aus einem einzigen hölzernen Hotel, das wie eine Riesenkiste aussieht, aufs Geratewohl irgendwohin auf den Strand geworfen. Vor dem Hotel befinden sich einige Anlagen und die erhöhte Strandpromenade aus Brettern und mit einem eisernen Geländer. Die Gäste, wenn sie nicht baden, wippen auf der Veranda des Hotels in den beliebten Schaukelstühlen ohne Ende hin und her, oder sie spielen Tennis in der

Nähe des Hotels. Der Stumpfsinn (nach deutscher Auffassung) herrscht unumschränkt in so einem Bad. Strandkörbe gibt es nicht. Jung und alt beiderlei Geschlechts liegt im Sande herum oder badet. Abends hüllt der Amerikaner sich in den üblichen Frack und die Amerikanerin in ihr Ballkleid und gehen zum Tanz oder sonst einem Vergnügen im Hotel oder nach dem nächsten Dörfchen oder der nächsten New Yorker Villenkolonie. Am glücklichsten sind noch die New Yorker daran, die in so einer Villenkolonie am Meere wohnen; sie können sich wenigstens Zerstreuungen verschaffen, sooft sie Lust dazu verspüren, sei es in einem Restaurant oder bei Pferderennen und ähnlichen anspruchsvolleren Vergnügungen. Ein New Yorker Bad dieser Art ist Long Branch. Aber wie schon betont – ein Ostseebad wie Swinemünde ist ganz und gar anders. Die deutsche Gemütlichkeit fehlt dem amerikanischen Seebad vollständig. Daher kennt das feinere amerikanische Seebad auch kein »Kurhaus«. Es ist nur hier und da etwas Ähnliches vorhanden, das sie »Kasino« nennen. Aber gibt es etwas Angenehmeres und Gemütlicheres als den deutschen Kurgarten? Der von Swinemünde hat die gleichen schätzenswerten Eigenschaften. Grüne, schattige Bäume, ein leicht verdauliches Nachmittags-Konzert (mit anmutigen Kompositionen wie dem »Torpedo-Marsch«), ausgeführt von 36 Mann, und ein seltsam pikanter Geruch aus einer Mischung von Kaffee, Kuchen, Seetang und Fischen. Und wenn vom Strande her das Rauschen der Wogen herüberklingt, zwischen den roten Lippen einer hübschen Berlinerin ein Haufen weißer Schlagsahne nach dem anderen verschwindet und eine friedliche Männerstimme irgendwo versichert: »Wenn ich Ihnen sage, die Aktien sind todsicher« – so ist der Kurgarten von Swinemünde einfach romantisch. Aber nicht weniger romantisch sitzt es sich im Café Jester mit dem Ausblick auf die flundervolle Ostsee oder am Abend auf der weinumrankten Veranda im »Walfisch«, wo ich einen tadellosen Sonnenuntergang mit Filet und Champignons zu mir nahm. Diese Vereinigung maritimer und kulinarischer Reize – das ist eine der vielen Schönheiten von Swinemünde.

14. ENTDECKUNG

Was ich fernerhin an der Ostsee entdeckt habe – Ahlbeck, das Flundern-Paradies – Die amerikanische Flagge und ihre Geheimnisse – Keine Kurkapelle in Koserow und andere Vorzüge – Berliner Hausfrauentum an der See *

Es hat etwas Anheimelndes, dass die Ostseebäder so nahe beieinander liegen, und zugleich etwas Vergnügliches. Man wandert von einem zum anderen und findet in jedem wieder etwas Besonderes, so ähnlich sie auf den ersten Blick erscheinen. Swinemünde ist lärmender, schillernder und unterhaltender als Ahlbeck und Heringsdorf. Aber dafür hat Ahlbeck seine unerreichten Flundern, die nirgends sonst so zart und fett sind (siehe Ahlbeck und iss dich an Flundern tot!), und Heringsdorf seine Vornehmheit und die schönen Privatvillen am Strande, die so poetisch aus dem waldigen Grün hervorlugen. Heringsdorf erinnert ein wenig an Newport auf Rhode Island, das Seebad der Vanderbilts, der Astors und der übrigen New Yorker Dollarkönige, die dort ihre kostbaren Villen haben und den europäischen Adel bewirten. Der New Yorker Herald schickt während des Sommers einen eigenen Berichterstatter nach Newport, der über das Tun und Treiben der Dollarkönige und Dollarköniginnen, über ihre Gäste und ihre Zerstreuungen die eingehendsten »Hofberichte« liefert. Diese Berichterstattung aus den Sommerfrischen an der See und im Gebirge, mit Bildern von Personen und Ereignissen und der Umgebung, ist überhaupt eine ständige Einrichtung der Sonntagsausgaben der großen New Yorker Zeitungen. New York will wissen, was die New Yorker im Sommer auch außerhalb New Yorks treiben.

Wem Swinemünde oder Heringsdorf zu laut oder elegant sind, der findet behagliche Ruhe und gut bürgerliche Einfachheit in Bansin, Koserow, Zinnowitz und Karlshagen. Hier wird auf »Toilette« kein Wert gelegt. Man gibt sich, wie man ist, und erblickt gerade darin den größten Reiz des Lebens im Hotel oder im Strandkorb. Daher besingt der »Ostseeführer« z. B. Bansin wie folgt: »Bansin ist ein ruhiges, vom besten Publikum besuchtes Ostseebad, in welchem kein großer Toilettenluxus getrieben wird, vielmehr ein ungezwungenes Badeleben vorherrscht.« Und alle vierzehn Tage während der »Hochsaison« ist Waldgottesdienst! O frommer Berliner, wie bist du zu beneiden, wenn du während

der »Hochsaison« in Bansin weilst! Die Berliner in Bansin sehen auch wirklich tugendhafter aus als in den anderen Bädern.

Mir fiel auf, dass auf einigen Strandkörben von Bansin die amerikanische Flagge wehte. Das lockte mich, ein wenig auf Landsleute von jenseits des großen Teiches zu pirschen. In einem dieser Strandkörbe saß eine Dame, die mir gestand, sie komme aus dem rauchigen Pittsburg, der Stadt des Stahlkönigs Carnegie. Ihr Mann sei Berliner, und sie genössen zusammen die würzige Ostseeluft und das kräftige Ostseewasser. Leider habe sie schwer zu arbeiten. Sie müsse für ihren Jungen im Sand graben, was sehr, sehr anstrengend sei. Auch in New York habe sie einige Jahre gelebt. Aber Berlin sei genau so geräuschvoll, meinte sie. Sie sehnte sich nach drüben, nach »Gods own country« (des lieben Herrgotts Heimat), wie die Amerikaner ihr Land nennen. Als ob der liebe Herrgott ebenfalls ein Dollarmacher sei! Etwas schwieriger zugänglich war der andere amerikanische Strandkorb. Er war genau genommen in eine Burg verwandelt. Ein hoher Sandwall zog sich ringsherum, mit kleinen Tannen bepflanzt. An einer Seite war ein Eingang. Auf der amerikanischen Fahne stand zu lesen: »Sweet Darling«. Daneben waren zwei deutsche Flaggen, von denen die eine die Inschrift »Mohrchen« und die andere die Inschrift »Muckchen« trug. So etwas reizt die Neugierde eines Federmenschen. Ich trat also ein. Da ich nirgends anklopfen konnte und der weiche Sand den Schritt unhörbar machte, so kam ich überraschend. Was ich überraschte, war ein reizendes Kammerkätzchen in schwarzem Kleid und weißer Schürze, das neben einem ebenso schwarzen Kammerhündchen (einem bildschönen Pudel) einträchtig der Länge nach im Sande lag. Sonst war niemand da. Die amerikanische Flagge gab die nötige Einleitung zum Interview. Auch hier waren die Flaggenverehrer biedere Berliner, die in New York gelebt hatten. Der »süße Liebling« auf der amerikanischen Flagge bedeutete eine zärtliche Widmung für den Pudel, Mohrchen war nochmals der Pudel und Muckchen war die Frau des Hauses. Es ist erstaunlich, an welchen Orten in Deutschland heute die amerikanische Flagge zu finden ist – wenn es auch meistens gute Deutsche sind, die sie hissen. Das Amerikanische spielt in Bansin sogar in der Natur eine Rolle. Denn in dem Hymnus des »Führers« auf Bansins landschaftliche Vorzüge heißt es: »Auf der einen Seite des Ortes liegt der von grünen Wiesen bekränzte Schlonsee, auf der anderen die königliche Forst Pudagle. In derselben wechseln herrliche Buchenbestände, untermischt mit dunklen Kiefern und Tannen, mit Eichen und Birken ab, auch ein Komplex amerikanischer Walnussbäume bietet angenehme Abwechslung.« Aber wenn schon der »Führer« bei der Lobpreisung Bansins poetisch wird, so stimmt er geradezu lyrische Akkorde über Koserow an: »Koserow ist eine Stätte der Ruhe und des stillen Friedens, wo Sommerfrischler, Erholungsbedürftige und Leidende ungestört ihrer Gesundheit leben können. Keine Kurkapelle! Tägliche Spaziergänge, die für viele kleine Entdeckungsreisen sind, am Strande, in Wald und Feld, das Baden, Schwimmen, Segeln, Rudern, Fischen, Tennis spielen, Kegeln, Radeln, Auteln usw. füllen die Zeit aus. Ein Kreis von Bekannten und Freunden ist bald gefunden. Zuweilen gemeinsame Ausflüge in die Umgegend. Kaffeegesellschaften in den Waldwirtschaften. Kinderfeste. Plauderstündchen beim Abendbier in den Wirtshäusern, während andere Klavier spielen, singen und dem Tanz zuweilen huldigen.« Das hätte ebenso gut in Verse gebracht werden können! Es schreit danach – besonders die nicht vorhandene Kurkapelle (die keine Torpedomärsche spielt wie in Swinemünde) und das Plauderstündchen beim Abendbier. Man hört die Kurkapelle geradezu nicht spielen. Man sieht die Glücklichen geradezu vor sich, wie sie beim Abendbier und einer duftigen Abendzigarre (für 5 Fennich) beieinander sitzen, während »die anderen zuweilen dem Tanze huldigen« – aber nur zuweilen, auf dass das Idyll nicht zu heftig gestört werde. Überhaupt beantrage ich, dass die »Führer durch die Ostseebäder« sowie durch sämtliche Berge Deutschlands künftig in Verse gebracht werden. Die Wirkung wäre unendlich stärker, und die Dichter verdienten etwas.

In solchen idyllischen Ostseebädern wohnt man auch idyllisch. Man wohnt, wenn irgend möglich, in einer idyllischen Sommerwohnung, bestehend aus einer Schlafstube, Wohnzimmer und einer Küche. Hier tauchten auch die Betten wieder auf, die mir auf dem Stettiner Bahnhof so rätselhaft erschienen waren. Der Berliner, der an der See idyllisch wohnen will, nimmt sich seine Betten mit, sowie seine Tischwäsche und seine Messer, Gabeln und Löffel. Auch diese Gepflogenheit der eigenen Betten und der eigenen Küche an der See kennt der New Yorker nicht – höchstens ganz vereinzelt in der Form des Zeltlebens (Camping), das aber wieder etwas ganz anderes ist und nichts Idyllisches hat. Die New Yorkerin, wenn sie an die See reist oder sonst wohin, will von der ihr unsympathischen Häuslichkeit während der Sommerferien erst recht nichts wissen. Der »richtiggehenden« Berlinerin gerade der gut bürgerlichen Kreise ist die Häuslichkeit so sehr Bedürfnis und Annehmlichkeit, dass sie sie selbst nach Bansin oder Koserow mitnimmt und sich dort mit ihr umgibt – sei es auch nur im bescheidensten Maße. Da habe ich eine Berlinerin entdeckt, die sogar außer dem Bettzeug ihr eigenes Kochgeschirr mitgeschleppt hatte, weil es sie ekelte (wie sie mir gestand), in fremden Kochtöpfen zu kochen. Sie wusste mit mühsam unterdrückter Übelkeit von einem fremden Ostseekochtopf zu erzählen, in dem die Eingeborenen ebenso Wäsche wie Wirsingkohl kochten. Wie wird dir, hausfrauliche Leserin? Schließlich ist es doch etwas Ähnliches wie eigene Häuslichkeit, wenn die Berlinerin in so einer Sommerwohnung selber den Kaffee bereitet, die Betten macht, das Essen kocht, die Wäsche plättet. Das sollte man einer »richtiggehenden« New Yorkerin zumuten! Und wahrhaftig – ich verstand das, wie ich mit einem Vater, einer Mutter und den Kindern aus Berlin beim Mittagessen saß, in der kleinen Villa nahe der See am Walde, mit einem Gärtchen davor, darin allerlei Sonnenblumen blühten und dicke Hummeln umher» summten. Idyll! Idyll! Und keine Kurkapelle! Dafür versuchte irgendwo eine Kinderhand auf einem weinerlichen Klavier mit einem (zweifellos schmutzigen) Zeigefingerchen das »Sandmannduett« aus der »Dollarprinzessin«, und dazu blökte irgendwo ein Hammel – oder auch ein Schaf. Ich vermag das nicht zu unterscheiden, trotzdem ich doch manche Oper gehört habe. Idyll! Idyll! Und so billig obendrein! Bis zum 15. August zahlen sie für eine bessere Wohnung so um 300 Mark herum, nachher etwa 100 Mark. Das kann sich wirklich ein Familienvater leisten, der über bescheidene Mittel verfügt. Im »Dorf« sind die Wohnungen bedeutend billiger. Ein Bekannter von mir zahlt für eine Dorfwohnung in Koserow auf die Dauer von vier Wochen lumpige 80 Mark. Er und die Seinen leben einfach – viel Gemüse, viel Fisch. Aber hier draußen wurde das einfachste Gericht (gebackener Dorsch, Salzkartoffeln, Gurkensalat und Eierkuchen) zu einem Kempinski-Mahl, weil die gesunde Lebensweise am Strande die Ansprüche mindert. Der Nervöse verliert seine Nervosität, der Magere nimmt zu, der Verbauchte entbaucht sich wieder. Jedem bringt das Meer irgend etwas Gutes.

Jedoch das allerschönste an den gutbürgerlichen Ostseebädern (soweit ich sie besuchte) erschien mir die Abwesenheit des Jahrmarkts, der mit so manchem Seebad der New Yorker verbunden ist, (Muster Luna-Park in Halensee.) Nirgends donnert zwischen Swinemünde und Karlshagen die Wasserrutschbahn mit den jauchzenden Insassen, nirgends dreht sich der »Wackeltopp«, nirgends poltert die Gebirgsbahn, nirgends duften die Würste, von denen ein gespenstisches Wiehern auszugehen scheint, nirgends heulen

die Sprachrohre lungenkräftiger Ausrufer, nirgends pauken und dröhnen zwölf Orchestrions um die Wette. An der Ostsee ist alles feiner, ruhiger, kultivierter und auch dadurch gesünder. Der Berliner will in den Ferien vor allem »seine Ruh« haben. Ein

edler Charlottenburger, den ich fragte, ob er seine Sprech-
maschine nach Bansin mitnehme, erwiderte lachend:
»Nee – ich nehme ja meine Frau mit!«

15. ENTDECKUNG

Das tugendhafte Badekostüm der Amerikanerin und das ungenierte der Deutschen – Wie ich ins Familienbad kam – Von der Dame, die nur mit schwarzen Querstreifen bekleidet schien – Allerlei reizende Meernixen – Auguste im schwankenden Kahn * * * * * * *

Ich erwähnte schon den malerischen Farbenreichtum und die heitere Lebendigkeit des Ostseestrandes. Aber seine besonders charakteristische Note ist das Baden an drei ganz verschiedenen Stätten: im Herrenbad, im Damenbad und im Familienbad. In Amerika badet man immer gemeinsam. Das entspricht den Ansichten von Freiheit, Gleichheit und Brüderlichkeit (nebst Schwesterlichkeit). Daher ist das Badekostüm der Amerikanerin von Anbeginn an auf das gemeinsame Baden mit Herren zugeschnitten. Es muss vor allen Dingen der stoffliche Ausdruck der Sittsamkeit sein. Nichts darf daran sein, was irgendwie die Lüsternen schmunzeln lässt. So ist es zunächst von dunkler Farbe. Ferner ist es sehr weit und faltig. Endlich ist es hübsch verschlossen. Es besteht aus einer Art Überrock, der oben bis an den Hals und unten bis zu den Knien reicht, mit einem Gürtel um die Taille festgehalten wird und kurze Ärmel hat. Darunter trägt die Yankeesfrau wie die Yankeemaid Kniehöschen und dann hohe, dunkle Strümpfe. Niemals dürften die Strümpfe fehlen. Ein unbekleidetes Bein weiblichen Geschlechts ist »shocking«. Natürlich gibt es einfache Kostüme und sehr teure aus feinster Seide. Das ganze Kostüm hat etwas Sackartiges. Doch so will es der altväterliche Puritanismus, der weibliche Reize als Erzeugnisse des Teufels betrachtet – nicht des gütigen Herrgotts. Sogar eine schöne Büste gilt im Yankeeland als anstößig und muss durch züchtigen Besatz verhüllt werden. Auch das Badekostüm des Amerikaners ist meistens sackartig und hat kurze Ärmel. Alles muss ausgeschaltet werden, was die große, einzige und sonst wo unerreichte amerikanische Tugendhaftigkeit irgendwie gefährden könnte. Ab und zu versucht ein Lebedämchen oder eine übermütige Choristin dem Puritanismus ein Schnippchen zu schlagen und erscheint in Ostsee-Trikots am Strande. Dann stürzen sich die Strandpolizisten auf sie und führen sie unter dem Stirnrunzeln und Beifallsmurmeln der Inhaber sowie der Inhaberinnen der großen, einzigen und sonst wo unerreichten amerikanischen Tugendhaftigkeit ans Land zurück, erklären in hochnotpeinlicher Gerichtssitzung das Kostüm für »unanständig und die öffentliche Sittlichkeit in hohem Maße gefährdend« und verbieten der Besitzerin bei ansehnlicher Strafe oder sofortiger Ausweisung aus dem Seebade der Tugendhaften die Wiederanziehung besagten Kostüms. In einigen amerikanischen Seebädern pflegen die Gäste beiderlei Geschlechts von ihren Wohnungen aus im Badeanzug durch die Dorfstraße an den nahen Strand zu gehen und ebenso wieder zurück. Auch dagegen wird namentlich von den eingeborenen Farmern voll sittlicher Entrüstung Einspruch erhoben. Selbst der eitel Tugendhaftigkeit atmende (es klingt etwas abnorm) amerikanische Badeanzug wird in dem Augenblick unsittlich, wo er auf der Dorfstraße erscheint. Freilich – seltsam ist ja die Idee, im Badeanzug auf der Straße zu wandeln, und sei es eine Dorfstraße. Ich möchte wissen, was die Badedirektion in Swinemünde oder Heringsdorf

(von Heiligendamm gar nicht zu reden) zu Badegästen im Badekostüm auf der Straße sagen würde oder gar etwa im Kurgarten oder im Restaurant. Es müsste zunächst grässlich komisch aussehen! Schon wegen des Gegensatzes der befrackten Kellner. Und wie wär's mit einem Ball im Badekostüm? Doch ich will nichts gesagt haben! Es mag eher dazu kommen, als man ahnt. Denn in Nikolassee bei Berlin sitzen bereits Männlein und Weiblein einträchtig im Badekostüm im Restaurant beieinander.

Danach stände also die deutsche Einrichtung der drei Badestätten für Herren, Damen und Familien an Tugendhaftigkeit genau genommen noch über der amerikanischen. Aber der Unterschied liegt in den Kostümen. Bei meiner Ankunft am Strande wurde mir sofort das eine klar, dass ich diese ganze ebenso feuilletonistische wie psychologische, ebenso heitere wie ernste Frage nur durch die so genannte amtliche Okular-Inspektion (heißt es nicht so?) lösen könnte. Folglich beschloss ich, mich ebenfalls der Ostsee zu übergeben und den badenden Berliner sowie die badende Berlinerin zu entdecken. Ich hatte eine dunkle Ahnung, dass der Berliner und die Berlinerin im Badeanzug und im Wasser wieder ganz anders seien als im Straßenanzug und auf dem Lande. Das Herrenbad lockte mich nicht sonderlich, denn es waren nur wenige Herren darin. Ins Damenbad durfte ich nicht; übrigens war's auch dort sonderbar leer. Ohne Zweifel ist das Baden für Herren allein ebenso langweilig wie für Damen allein. Ich ließ mich also von einer befreundeten Familie adoptieren, erstand eine »richtiggehende« Badehose und erschien im Familienbad. Hier war's am vollsten, wie ich mir's gedacht hatte. Gleich am Fuß der Treppe kam ich an einem Herrn und einer Dame vorüber, die nicht Familie waren, aber dafür um so familiärer taten. Na überhaupt! Es wimmelte von Vettern und Cousinen, Brüdern und Schwestern. Ehe ich's mich versah, stürzte eine Berliner Bekannte auf mich zu und begrüßte mich. Wahrhaftig – ich errötete fast hörbar (eine sehr seltene Erscheinung bei Schriftstellern), denn ich war bisher an die amerikanischen Badekostüme gewöhnt. Sie fand natürlich gar nichts an ihrem Anzug. Da es von einem zarten Rosa war mit schwarzen Querstreifen, so sah es aus, als ob sie überhaupt nur mit schwarzen Querstreifen bekleidet sei. Ich atmete fast auf, als sie mit ins Wasser kam und mich ihrem Bruder (übrigens war's ein »richtiggehender«) vorstellte, einem sehr humorvollen Herrn, der mir die Hand schüttelte und mit einer grandiosen Handbewegung auf das Wasser sagte: »Bitte, nehmen Sie Platz.« Und wohin ich den Kopf wandte, erblickte ich feuchte Weiber (Goethe!) aus dem Wasser oder in das Wasser tauchen, die in ähnlichen Kostümen steckten. Aber es gab nicht bloß gestreifte Nixen, sondern auch einfarbige in Blau, Gelb und so weiter. Eine hatte ein meergrünes Kostüm an, das beim Auftauchen absonderlich in der Sonne gleißte. Sie sah wie eine Seeschlange aus. Die See schien von reizenden Meernixen zu wimmeln. Ich dachte an Böcklins »Spiel der Wellen«. In Amerika habe ich niemals diesen Eindruck von Meernixen gehabt – eben wegen der sackartigen Kostüme. Manche, besonders die älteren, trugen freilich auch etwas weitere, bauschige Gewänder, die ab und zu, wenn eine Welle daherkam, sich aufblähten, so dass ich glaubte, sie würden als Ballon in die Luft schweben. Neben mir standen zwei Geheimräte im Wasser und debattierten über Bethmann Hollweg und Bülow. Sie unterbrachen das Gespräch nur, wenn eine neue Sturzwelle über sie fortging. Dann spuckten sie und sprachen weiter. Doch das Netteste waren die Meernixen. Ich gewöhnte mich unglaublich rasch an ihre Nähe und empfand diese als eine gottgewollte Annehmlichkeit und Verschönerung einerseits des Meeres, andererseits des Daseins. Als ich einmal tauchte, stieß ich gegen etwas, das keine Schmerzen verursachte. Ich bat vielmals um Entschuldigung, und sie wurde lachend gewährt. In einem amerikanischen Seebad widerfuhr mir mal etwas Ähnliches, und da regnete es Schimpfworte aus weiblichem Munde, und man hätte mich am liebsten gelyncht. Um wie viel liebenswürdiger ist die Deutsche in solchen historischen Augenblicken. Sie hätte höchstens sagen können: »Sprechen Sie mit meinem Papa da drüben.« Einem New Yorker Bekannten hat so ein Unterwasser-Zusammenstoß tatsächlich die Junggesellenschaft gekostet. Es ist seltsam, welche Gegenstände Gott Amor oft als Köder benutzt. Finden Sie nicht auch, verehrte Leserin?

Doch davon abgesehen – auch hier entdeckte ich vor allem wieder jene frohe Zärtlichkeit und Verliebtheit im

Beisammensein, die mir für das Verhältnis der Geschlechter in Deutschland so charakteristisch erscheint, nur noch stärker betont, noch ungenierter durch die behördliche und private Billigung des Beisammenseins in dieser Form oder rund herausgesagt: dieser weiblichen Badekostüme. Hier prägten sich im Ausdruck des Gesichts, des Auges, der Sprache, in tausend kleinen Berührungen (an sich ganz harmlos) Gefühle aus, die im amerikanischen Seebad völlig fehlen. Kein Zweifel, dieses Familienbad hat etwas Aufregendes, das im amerikanischen Bad unbekannt ist. In dieser fröhlichen Sinfonie des Badens klingt ein Ton mit, aus diesem übermütigen Bilde des Badens leuchtet eine Farbe heraus, die dem amerikanischen Bade fremd sind. Nebenbei bemerkt: als ich am Strande spazierte, sah ich einen, der hatte sich seinen Strandkorb ganz nahe an das Damenbad gerückt und hatte in der Linken ein Zeitungsblatt und in der Rechten einen Feldstecher, mit dem er überaus virtuos über die Zeitung hinwegsah. Solche Genüsse gibt's im amerikanischen Bade nicht, weil die Vorbedingung dazu fehlt: das weibliche Badekostüm. In Amerika prügeln sie erwischte Feldstecherlinge oder schleppen sie gar vor den Richter, zur Sühne für die Entweihung der weiblichen Gottheit. Der Deutsche lacht darüber. Zwei klaffende Kulturunterschiede! Auf der einen Seite Naivität, auf der anderen Verkünstelung des sexuellen Empfindens. Das ist alles! Im übrigen gestehe ich offen, dass ich von der badenden Berlinerin fast noch angenehmere Eindrücke empfing als von der trockenen – sozusagen. Eben durch das allverehrte Badekostüm! Es lebe hoch! Herrschaften – es ist mehr dran an der Berlinerin als an der New Yorkerin. Was nützt mir die schöne, schlanke Figur der New Yorkerin, das reizende Gesicht, wenn die Mol-

ligkeit fehlt?! Darüber kommen wir nicht weg. In den Seebädern New Yorks verletzt mein ästhetisches Empfinden zu viel weibliche Magerkeit, an der Ostsee höchstens das Gegenteil. Aber die Meernixen (gestreift und einfarbig) versöhnen mit allem, finde ich. Bleibt noch der badende Berliner. Wenn er jung ist und Sportliebhaber, ist er dem schlanken New Yorker (oder Amerikaner) körperlich ebenbürtig, übertrifft ihn sogar durch edlere Linien. Die Beine des Amerikaners zumal sind häufig absonderlich dürr, gerade wie beim Indianer. Dafür konnte so mancher badende Berliner wieder einen stattlichen Bauch in die Waagschale werfen (man verzeihe das kühne Bild!). Einmal glaubte ich, von Kiel käme ein Unterseeboot heran. Aber als ich schärfer hinsah, war es ein überernährter Kommerzienrat, der auf dem Rücken schwamm. Und ich entdeckte mehr verkrüppelte Zehen und mehr Hühneraugen als im amerikanischen Seebad, weil der Amerikaner besseres, vor allem vernünftigeres Schuhzeug trägt.

Doch die Meernixen (gestreift und einfarbig) versöhnten auch hiermit. Womit versöhnen sie nicht? Eine ließ sich photographieren. Sie sitzt in einem Boot, das von sechs Fuß langen Wellen umbraust wird und nahe am Kentern ist, und lacht dazu (photographischer Mumpitz selbstredend). Aber der Photograph sagte mir, dass die holden Ostseenixen mit Vorliebe sich in solchen meerumtosten Booten photographieren lassen, die sie bei derartigem Wellenschlag in Wirklichkeit niemals besteigen würden. Der Gedanke hat etwas überaus Verführerisches für sie, als tollkühne Überwinderinnen des wütenden Neptuns zu posieren. Das Bild erhält dann die naive Cousine in der Provinz, die Kahn und Wellen für echt hält und über die todesmutige Verwandte vor Bewunderung die Hände über dem Kopf zusammenschlägt. So sind die Berliner Meernixen! Ich bekam ein Bild für den Schreibtisch – zur Inspiration. Und unter Zusicherung strengster Verschwiegenheit. Denken Sie sich! Darunter schrieb sie: »Zur freundlichen Erinnerung an Auguste, die gestreifte Meernixe.« Wenn Sie nur nicht Auguste daruntergeschrieben hätte! Es ist unmöglich, dass eine Meernixe Auguste heißt!

16. ENTDECKUNG

Berlins Ammen-Etablissement – Wie ich nach dem Spreewald fuhr – Von etwas zu bedeuten habenden sauren Gurken und auch Störchen – Im Kahn zur Kirche – Fromme Yankees und blutdürstige Moskitos * * * * * * * * *

E s ist merkwürdig, was alles zu Berlin gehört. Die Ostseebäder gehören dazu und die Nordseebäder. Aber auch der Spreewald; sogar in zweifacher Beziehung. Zunächst wieder, weil es auch dort von Berlinern wimmelt, alsdann wegen der Spreewälderinnen. Sie wissen schon, was ich meine. Ich werde sofort deutlicher werden. Im Westen Berlins und den benachbarten Stadtteilen wandeln zu allen Tageszeiten absonderliche weibliche Wesen umher, die von einer ebenso auffallenden wie umfangreichen Buntfarbigkeit sind. Sie tragen kurze, faltige Röcke, die die Waden frei lassen, ein altmodisches, schwarzes Mieder mit einem Tuch darüber, kurze Ärmel und auf dem Kopfe eine Art Haube, die wagerecht nach den Seiten absteht. Von der Rückseite sehen sie aus wie aufrechtgehende Maikäfer. Jedes Kleidungsstück hat eine andere Farbe. So breit ist der Rock, dass das papageienhafte Wesen die halbe Bank einnimmt, wenn es darauf Platz nimmt. Gewöhnlich ist das Wesen jung, hübsch, kräftig und mit roten Backen behaftet. Und immer hat sie einen »todschicken« Kinderwagen vor sich, worin ein »todschicker« Säugling vom Kurfürstendamm und Umgegend mit sattem Lächeln in die Welt blickt oder gewissenhaft an einem Gummipfropfen lutscht oder sich von den Strapazen des Säuglingslebens durch einen Dauerschlaf erholt. Auch im Tiergarten trifft man sie häufig an irgendeinem schattigen Plätzchen. Oft gesellt sich dort zu dem Säugling noch ein ernster Vaterlandsverteidiger, der den Säugling oder das buntfarbige Mädchen vor Gefahren zu beschützen scheint. Aber in Wahrheit droht ihr von ihm die meiste Gefahr. Bei amerikanischen Besuchern erregt ein solches Mädchen allemal Sensation, und sie wollen wissen, warum sie so aussieht, woher sie kommt, wer sie ist. Man sagt ihnen dann, dass diese Mädchen Kindermädchen oder Ammen sind und aus dem Spreewald bezogen werden. Folglich gehört der Spreewald schon deswegen zu Berlin. Er ist die große Bezugsquelle für die Ammen und Kindermädchen von Berlin W. Auch in dieser Einrichtung ist Berlin New York weit überlegen. New York kennt kein eigenes Ammen-Etablissement, wenn ich so sagen darf. Vanderbilts und Astors (wie die meisten Amerikaner) vertrauen ihre Sprösslinge nicht gern fremden Müttern an. Sie ziehen zu ihrer anfänglichen Ernährung hochmoralische Kühe vor oder die künstlichen Ernährungsmittel für Säuglinge. Die Amerikanerin fürchtet, der Sprössling könnte von einer Amme unwünschenswerte Eigenschaften ersaugen.

Jedenfalls schien es mir der Mühe wert, mir Berlins Ammen-Etablissement näher anzusehen. Ich gestehe offen, dass das für mich ein Erlebnis eigener Art bedeutet, ein Erlebnis, das eine ganz besondere Atmosphäre umhüllt. Diese Atmosphäre machte sich sofort hinter Lübben bemerkbar, berühmt durch den nicht nur betäubenden, sondern auch tiefsinnigen Kalauer: »Ist denn Lübben ein Verbrechen?« Auch die saure Bahnhofsgurke um Lübben herum muss in irgendeinem Zusammenhange mit der

Ammen-Atmosphäre des Spreewaldes stehen. Aber niemand vermochte mir Näheres darüber zu sagen. Vielleicht ist der Zusammenhang einfacher, als man denkt. Sauer macht lustig (nach einem bekannten Volkswort), und der Lustige wird zu Liebesabenteuern besonders geneigt sein. Ein Pärchen in der Eisenbahn, das sich bisher sehr still verhalten hatte, geriet von dem Augenblick an in übermütige Stimmung, als es zwei in Lübben gekaufte saure Bahnhofsgurken zu verzehren begann. Offenbar gibt es eine Psychologie der sauren Gurke. Dann wurde die erwähnte Atmosphäre ausgesprochener, gleichsam deutlicher. Über auffallend grünen und nassen Wiesen flogen viele Störche, die Sinnbilder der Volksvermehrung. »Naja!« bemerkte ein Herr neben mir mit spitzbübisch-bedeutungsvollem Lächeln. Jeder verstand ihn. Es mochten an 60 Störche sein. Mir schien das etwas wenig für den ganzen Spreewald. Die edlen Tiere sahen denn auch ziemlich abgearbeitet aus.

Lübbenau! Noch mehr saure Bahnhofsgurken. Zu den Gurken gesellten sich Kähne (die mein Freund Seppl, der sanfte Bildhauer, Spreedroschken nannte) und hier und da schon eine bunte Spreewälderin. Nun mitten hinein in den Spreewald, geradewegs zum »fröhlichen Hecht«. Auch das ist so bezeichnend, dass dieser Hecht fröhlich ist – nicht etwa grün oder golden oder gefräßig oder stumm oder fett, sondern direkt fröhlich. Man sieht ihn auf dem Schilde über der Tür des Gasthofes: er hat wirklich ein überaus fröhliches Gesicht. Kein Wunder – denn neben ihm steht eine bildhübsche Spreewälderin. Ich wette, das hat wieder etwas zu bedeuten. Aber wenn man die Spreewälder fragt, insonderheit die Spreewälderinnen, was dies oder jenes zu bedeuten habe, so lächeln sie nur. Ich lasse mir jedoch nicht ausreden, dass die hübsche Spreewälderin und der fröhliche Hecht etwas zu bedeuten haben. Übrigens steht unter dem Schilde folgender Vers:

Freudig trete herein und froh entferne dich wieder;
Ziehst du als Wand'rer vorbei, segne die Pfade dir Gott!

Ich habe selten an einem Gasthof ein so »richtiggehendes« Distichon gelesen, einen Hexameter und einen Pentameter, die von Goethe oder von Schiller sein könnten. Zudem spricht eine fast überirdische Nobelkeit des Wirtes aus ihm. Der Vers garantiert außer einem liebenswürdigen Empfang eine niedrige Rechnung, denn sonst würde der Gast sich nicht froh wieder entfernen können. Aber noch mehr: selbst wenn ich gar nicht in diesem fröhlichen Hecht logiere, sondern vorbeiziehe, fleht der Wirt Gottes Segen auf meine Pfade. Tränen der Rührung stiegen mir in die Augen.

Und das Schönste an der Sache – es war alles auch wirklich so, wie man's erwartete. Seppl und ich hatten sofort das Gefühl, bei einem Verwandten zu sein, den wir einmal beerben müssten. Den Kaffee kredenzte Martha, eine reizende Spreewälderin, von der Fröhlichkeit eines Spreewald-Hechtes (blond), die Semmeln brachte Marie (ebenso reizend und brünett). Und ringsherum eine seltsam besänftigende grüne Einsamkeit und Ruhe, die ich fast zu fühlen vermeinte, wie die weiche Hand eines liebevollen weiblichen Wesens. Ab und zu glitt eine »Spreewalddroschke« geräuschlos vorüber (übrigens haben sie auch Spreewaldomnibusse für ganze Gesellschaften). Diese allgemeine Geräuschlosigkeit ist der besondere Reiz des Spreewaldes, eben weil hier die Straßen sozusagen mit Wasser gepflastert sind. In Berlin haben wir das annähernd vollkommen leider nur dann, wenn einmal ein Wasserrohr platzt. Nirgend ein polternder Wagen, ein heulendes Auto. Dazu dufteten die frisch geschälten Gurken, die die Frau Wirtin unter einem Baum schälte, sowie die Kühe im Stall. Fröhliche Schwalben flogen hin und her, und fröhliche Moskitos summten. Die Moskitos hatten etwas anheimelnd Amerikanisches in ihrer Unverschämtheit. Sie hätten geradeswegs aus New Jersey kommen können, wo sie sich langsam zur Größe von Raubvögeln entwickeln. Zum Abend gab's fröhlichen Aal mit Spreewaldsauce und fröhliche Schmorgurken. Denn die Fröhlichkeit schien hier tatsächlich an allen Dingen zu sein.

Und es ward dunkler, und aus dem Tanzsaal strahlte Licht, und ein fröhliches Orchestrion schmetterte einen lockenden Walzer mit obligater Pauke. Da stieg die Fröhlichkeit des Hechts ins Grenzenlose. Seppl und ich begaben uns in den Tanzsaal. Ich steckte dem Orchestrion 10 Pf. in den fröhlichen Schlund, worauf es mit fabelhaftem Schwung eine unwiderstehliche Mazurka von sich gab. Der sanfte Seppl hatte mit einmal irgendwo die reizende Martha erwischt und tanzte mit ihr; der Spreewalddroschkenkutscher, der uns von Lübbenau hergekahnt hatte, wirbelte mit der nicht minder reizenden Marie umher; ein langer Gast im Gummimantel tanzte mit dem Ansichtskartenmädchen – und so fort. Welch ein Demokratismus im Lande der peinlichsten Klassenunterschiede! In Amerika, dem Lande der Gleichheit, wäre so etwas unmöglich. Es bewies mir wieder, wie künstlich die Klassenunterschiede sind, und dass der Deutsche in seinem Innersten so demokratisch ist wie der Amerikaner im Innersten aristokratisch. Draußen klopfte irgend jemand laut auf einen Tisch und wollte von Martha oder Marie ein Glas Bier gebracht haben. Aber Martha und Marie hatten zu tanzen. Dafür schenkte ich beiden je ein frisch gelegtes buntes Blechei, mit Bonbons, von der automatischen Henne im Garten. Die Henne berechnet 10 Pf. für jedes Ei und garantiert nicht für die Frische.

Über eine hohe Brücke unter grünem Gezweig ging's schlafen, in ein altmodisches Haus, ganz aus Holz, zwischen Wasser und Grün versteckt. Die Beleuchtung lieferten einige Wassergläser mit Öl, in denen ein Docht zwischen Korken schwamm. Sie standen an den Gängen in Blechbehältern. Himmlisch! Aber ein schlechtes Lokal für Gutenachtküsse. Einen Kuss im Zimmer Nr. 5 hören sie im Zimmer Nr. 36. Überhaupt – jedes nächtliche Geräusch ist in diesem Hause unmöglich. Nur die riesigen Erlen rauschten im Nachtwind. Einmal vernahm ich in der nächtlichen Stille draußen ein unterdrücktes weibliches Kichern. Ich öffnete leise das Fenster in der Hoffnung, irgend etwas zu erleben, das mir weitere Entdeckungen auf dem Gebiete des Spreewaldtums im allgemeinen und des Ammentums im besonderen gestattete. Doch nichts rührte sich.

Den Sonntag widmete ich einer eingehenden Besichtigung dieses für das vornehme Berlin so überaus nützlichen und wichtigen Instituts, das den Namen Spreewald führt.

Zwei junge Pianisten hatten sich uns angeschlossen: ein Russe und ein Amerikaner. So fuhren wir durch den sonnigen Morgen im leichten Kahn dahin, den Gustav mit starkem Arm durch die Kanäle stieß. Stunde um Stunde fuhren wir bald wie in einem Dom von mächtigen Erlen oder Rüstern, bald unter leichten Brücken hindurch, bald zwischen saftigen Wiesen und Feldern, auf denen wendische Bauernhäuser zwischen schützenden Bäumen hervorlugten. Und fast immer stand nicht weit vom Haus ein Storch, mit der Miene eines Menschen, dessen Geschäft blüht. Das hatte sicherlich wieder etwas zu bedeuten. Wenn der Storch nicht gewesen wäre – kein Mensch hätte geahnt, dass Meerrettich, Rüben, Gurken und Heu nicht die einzigen Ausfuhrartikel dieser Gegend sind. Ab und zu harrte am Ufer im Kahn eine sorglich geputzte kleine Spreewälderin und warf mit geschäftsmäßigem Ernst ein Sträußchen Gartenblumen in unser Boot. Dafür erwartete sie fünf Pfennig.

Der Pianist aus Brooklyn meinte prosaisch: »Es wäre mich lieberrr, sie schmeißte eine saure Gurke!« In Burg trafen wir zum berühmten Kirchgang ein. Eine Menge Berliner warteten vor der alten Kirche mit photographischen Apparaten auf den Augenblick, wo die Bauern und die Bäuerinnen herauskommen würden. Der Polizist machte darauf aufmerksam, dass es den Leuten peinlich sei, zwischen lauter Kameras Spießruten laufen zu müssen. Doch es half nichts. Sie erschienen zugleich mit einem Trupp reisender Amerikaner und Amerikanerinnen aus dem Westen, die ich wiederholt an anderen Orten getroffen hatte; sie waren mit in der Kirche gewesen. Das ergab wieder ein eigenartiges Bild – diese ernsten wendischen Bauern und bunten Bäuerinnen und mitten darunter die Yankees. Das völkisch Älteste und das Jüngste unmittelbar nebeneinander. Wendisch und Yankee-Englisch in tollem Sprachgemengsel (mit Berlinisch dazwischen). Vor ein paar Jahren gab's das nicht. Welche reizvollen Charaktergesichter waren unter den Spreewäldern, wie viel feiner Liebreiz auf diesen Mädchengesichtern, die so fromm und einfältig aussahen, als ob sie noch niemals etwas von Babywagen am Kurfürstendamm gehört hätten. O ihr Racker! Wie viele von euch werde ich am Kurfürstendamm wiedersehen?

Rückfahrt durch den sonnendurchleuchteten Spreewald, immer unter den turmhohen, herrlichen, alten Bäumen entlang, Kahn hinter Kahn, alle gefüllt mit lachenden, singenden Menschen, bezaubert von der sonnigen Spreewaldfröhlichkeit. Wenn nur diese Moskitos nicht gewesen wären! Ein Gasthof im Grünen folgt auf den anderen. Vorn am Wasser in langen Reihen die »Spreewalddroschken« und »Spreewaldomnibusse«. Die Spreewälderinnen blieben jedoch merkwürdig unsichtbar. Nie sah ich eine Hausindustrie, die so von eitel Schönheit und Poesie verhüllt ist. Aber der Pianist aus Brooklyn meinte wieder: »Das sollte Rockefeller in die Hände nehmen, mit die Ammen – das würde ein first-class business!«

Ist es nicht grässlich, dass die Amerikaner alles immer nur vom Dollar-Standpunkte aus betrachten – selbst etwas so Poetisches wie die Spreewälder Amme?

17. ENTDECKUNG

Das Mädchen für alles – Mein Interview mit Amalie – Vertrauliches über das New Yorker Mädchen für nichts – Worin das Berliner Dienstmädchen besser ist und worin beide gleich sind * * * * * * * * * * *

Wie ich neulich wieder einmal bei der Frau Doktor, meiner Freundin, zu Tisch war, hatte sie ein heiteres Erlebnis zu berichten. Die Amalie, die schon seit undenklichen Zeiten (nämlich vier Jahren) in der Familie kocht, und zwar mit solchem Erfolge, dass Doktors jeden Sommer nach Marienbad müssen – diese selbe Amalie hatte die Frau Doktor gefragt, ob ich sie nicht mal »hinterwujen« könnte. Das müsste doch sehr schön sein. Bei der Gelegenheit könnte ich dann überhaupt etwas über Berliner Dienstboten schreiben, im Vergleich zu New York. Natürlich lässt sich ein Liebhaber humoristischer Entdeckungsmöglichkeiten dergleichen nicht zweimal sagen. Amalie bekam keinen kleinen Schreck, als ich mit einem weißen Blatt Papier nebst Bleistift feierlich in der Küche erschien und erklärte, sie »hinterwujen« zu wollen. Ach, es sei ja man bloß Spaß gewesen! In die Zeitung kommen – um Jottes willen! Und sie sei doch bloß 'ne janz einfache Person. Ich versicherte ihr, dass sie sich in ihrer Bescheidenheit unterschätze, dass sie keineswegs eine einfache Person sei, sondern eine Kochkomponistin von Gottes Gnaden, die ich auf gleiche Stufe stelle mit Richard Strauß, Leo Fall und Paul Lincke, eine Speisen-Dichterin, die man in einem Atem nennen müsse mit Sudermann, Ri-

chard Dehmel und Roda Roda. Amalie errötete und meinte unsicher, ich wolle »ihr uzen«. Doch schließlich gab sie
nach, und ich konnte mit meinen Fragen beginnen.

Ich: Amalie, wie entfaltete sich Ihr Talent?

Das war ihr nicht deutlich genug. Also anders gefaßt:
Wie sind Sie Kochvirtuosin geworden?

Amalie: Na bei der Frau Jeheimrat, wo ich zuerst in
Stellung war und die mich alles gelernt hat.

Ich: Haben Sie immer nur die Gerichte der Frau Geheimrat gekocht oder neue Gerichte geschaffen?

Amalie: Manches habe ich aus'n Kochbuch, aber manches habe ich dann aus mich selber, wie die Schweinsfüße
oder den Fasanenbraten oder die jefüllten Tomaten oder
das Hühnerragout.

Ich: Sie sind also geborene Kochvirtuosin?

Amalie: Nee, so schnell jing's nich.

Ich: Hat Ihre Mutter ebenfalls gut kochen können?

Amalie: Jawoll!

Ich: Sie hätten also gleichsam das Kochbuch mit der
Muttermilch eingesogen?

Amalie: Wenn ich mich das vorstelle, muss ich lachen.

Ich: Wo haben Sie sonst noch gastiert, ehe Sie zur Frau
Doktor kamen?

Amalie: Noch so auf vier Stellen unjefähr.

Ich: Lieben Sie Gehaltszulage, und beeinflusst eine solche Ihre kulinarische Erfindungskunst?

Amalie: Wie meinen Sie?

Ich: Kochen Sie noch besser nach einer Gehaltszulage?

Amalie: Nee, ich koche imma ejal jut. So jehört sich's
doch. Und dann ess' ich's doch selber.

Ich: Betrachten Sie Trinkgelder als eine Verschönerung

Ihres Daseins?

Amalie: Und wie – besonders wenn se nich zu knapp sind.

Ich: Ist der Müllschlucker eine Erleichterung Ihrer Tätigkeit?

Amalie: Mächtig – man kann zum Beispiel das zerbrochene Jeschirr viel bequemer beseitigen als früher.

Ich: Wie oft verloben Sie sich im Jahr?

Amalie: Na, so fabrikmäßig jeht's denn doch nich. Manchmal hat ein Verlobter schon zwei Jahre jedauert.

Ich: Gedenken Sie eines Tages zu heiraten?

Amalie: Wenn sich mal was Reelles erjibt, vielleicht mit 'n kleinen Jeschäft oder so was, denn riskier ich's mal mit dem ehelichen Wackeltopp.

Ich: Sie sprechen da von Wackeltopp – sind Sie eine Verehrerin ästhetischer Vergnügungen von der Art des Luna-Parks?

Amalie: Das ist meine einzigste Achillesferse.

Ich: Kennen Sie Anita Augspurg?

Amalie: Wo dient se?

Ich: Sie dient der Verfechtung politischer weiblicher Interessen und wünscht, dass die Frauen stimmen dürfen. Sind Sie für Frauenstimmrecht?

Amalie: Ach so, was man so Suff – Suff –

Ich: Suffragette nennt.

Amalie: Nee, dazu bin ich nich jelehrt jenug.

Ich: Kennen Sie Dr. Popert?

Amalie: Mir nich vorjestellt.

Ich: Oder anders ausgedrückt: Trinken Sie ausschließlich Wasser?

Amalie: Jott bewahre – mein Pülleken Helles jeden Abend habe ich kontraktlich.

Ich: Also dann sind Sie Alkoholkapital-Sklavin und ein persönlicher Feind von Dr. Popert, der Bier für Gift erklärt hat.

Amalie: Komisch – ich verjifte mich jeden Abend, und es bekommt mich jroßartig!

Ich erhob mich und reichte Amalie die Hand, in der eine Mark war. Sie machte Einwendungen. Aber da ich ihr gestand, dass ich das auch mit Kaisern, Königen, Präsidenten und Berühmtheiten so mache, wenn ich sie »hinterwuje«, zog sie ihre Einwendungen zurück.

Im Ernst – das Berliner Dienstmädchen ist wirklich eine Erscheinung für sich im Berliner Leben, und zwar eine überaus wichtige, die man entdecken muss, ob man will oder nicht. Sie ist zugleich eine viel auffallendere Erscheinung als ihre New Yorker Kameradin. Morgens, mittags und abends wimmelt es auf den Straßen Berlins von den holden Engeln des Haushalts, die ihre Einkäufe besorgen. In New York besorgt das die Hausfrau persönlich, oft mit Hilfe des Telefons, und lässt sich das Gewünschte ins Haus bringen. Überhaupt klafft ein abgrundtiefer Unterschied zwischen der Stellung des New Yorker und Berliner Dienstmädchens. Statt der holden Engel des Haushalts kennt man in New York vorwiegend unholde Teufel des Haushalts. Richtiger gesagt: sie sind die Despotinnen des Haushalts. Das kommt daher, dass die Nachfrage das Angebot übersteigt, und der Grund davon ist wiederum, dass die eingeborenen Mädchen aus den ärmeren Bevölkerungsklassen der Stadt oder des Landes alle Dienstmädchenarbeit als etwas einer »Dame« (sie leiden alle an Damenwahn) Unwürdiges oder mindestens etwas Lästiges betrachten. Sie arbeiten lieber in Geschäften und

Fabriken, die ihnen einen freien Abend und Sonntag oder Feiertag gewährleisten (im Sommer sogar noch einen freien halben Sonnabend). So ist die New Yorker Hausfrau auf das aus Europa importierte Dienstmädchen angewiesen. Die »Importierte« kommt in der Mehrzahl aus Skandinavien, Irland, Deutschland und Österreich (genauer Böhmen und Ungarn). Wie alle Auswanderer sind auch sie die unbändigsten und abenteuerlustigsten ihres Standes. Zartheit und Gefügigkeit sind nicht ihre Vorzüge. Sie haben schon in Europa gehört, oder erfahren es nur zu bald bei der Ankunft, dass Dienstmädchenmangel in Amerika herrscht, dass es dort hohe Löhne gibt, dass die an die Mädchen gestellten Ansprüche mäßig sind, dass die Hausfrau oft vom Haushalt wenig versteht. Das benutzen sie. Aus dem europäischen Mädchen für alles wird das Mädchen für nichts, oder für möglichst wenig, mit unverschämtem Benehmen. Zwischen Hausfrauen und Dienstmädchen herrscht eine ununterbrochene Fehde. Kaum sind sie acht Wochen im Lande, so beanspruchen auch sie, nach Landessitte als »Lady« betrachtet zu werden. Denn die Waschfrau bezeichnet sich ja ebenfalls als »Wash-Lady« (Waschdame). Zur Verhandlung wegen einer neuen Stellung kommen sie nur ins Haus, wenn ihnen das Straßenbahn-Fahrgeld ersetzt wird. Bei der Verhandlung gebärdet sich die niedrigste Kuhmagd aus Ungarn, als ob sie eine neue Arbeitgeberin anwerbe. Vor allem lieben sie keine Kinder. Als eine Bekannte von mir einmal der Perle aus Deutschland (die deutschen Mädchen sind kaum besser als die übrigen) zaghaft gestand, sie habe leider vier Kinder, wiegte die Perle mißbilligend das edle Haupt und sagte streng: »Dabei muss es aber auch bleiben.«

Die schlimmste von ihnen ist die Köchin, die die kulinarische Ohnmacht der Hausfrau rücksichtslos ausbeutet, weil gute Köchinnen besonders selten sind. Wenn sie nur halbwegs gut kochen kann, erhält sie 35 Dollars (etwa 145 Mark) den Monat bei freier Beköstigung. Wo sie in der Küche das Fleisch aufschneidet, behält sie das Beste für sich. Unter allen Umständen isst sie alles, was die Herrschaft isst. Nur in ganz großen Haushalten wird für das Dienstpersonal besonders gekocht. Ausgehtag alle 14 Tage, Sonntags den halben Tag und einen halben Wochentag. Meist gehen sie aber noch abends nach dem Aufwaschen aus. Gleiche Vorteile genießt das Stubenmädchen. Ein gutes Stubenmädchen erhält 25 Dollars (etwa 103 Mark) den Monat. Die Lehrerin oder Gouvernante erhält selten mehr und wird als nicht besser betrachtet. Im Gegenteil – Köchin und Stubenmädchen sehen auf sie herab und schikanieren sie, wo sie können. Dies nebenbei zur Illustrierung der Dienstmädchenstellung. In feinen Häusern haben die Dienstboten ihr eigenes Speisezimmer neben der Küche und ihre eigenen Schlafzimmer, oft mit laufendem Wasser.

Berlin, das gerade amerikanische Unarten und Auswüchse so gern nachahmt, kennt den Amerikanismus auch schon im Dienstmädchentum. Auch hier zeigt sich schon das ebenso arbeitscheue wie böswillige »Mädchen für nichts«. Aber die Verhältnisse sind trotzdem in Berlin noch patriarchalischer. Die Vorbedingungen für ein Überwuchern des amerikanischen Dienstmädchen-Typus fehlen: nämlich ein mangelndes Angebot und eine weit verbreitete Untüchtigkeit der Hausfrauen. Das offene Land liefert einen ewig sich erneuernden Zustrom junger und kräftiger Mädchen, auf die die Weltstadt einen unwiderstehlichen Reiz ausübt – oft den gefährlichen Reiz des Lichtes auf die Motte. Auch sie gewöhnen sich (was natürlich ist) unter dem Einfluss der Umgebung an höhere Ansprüche. Sie entdorfen sich (sozusagen) rasch und verweltstädtern (sozusagen). Sie möchten besser schlafen, essen und vor allem sich besser kleiden, um die Fotografie im Kostüm nach der neuesten Mode den maßlos staunenden Angehörigen auf dem Dorfe senden zu können, in der naiven Überzeugung, sie seien nun kurfürstendammhaft »todschick« und in nichts von der Gnädigen zu unterscheiden. In manchen New Yorker Häusern muss sich's die Hausfrau gefallen lassen, dass das Mädchen für alles die Bedienung bei Abendgesellschaften ablehnt und auf seinem Zimmer bleibt, schon deswegen, weil es keine Trink-

gelder von den Gästen erwarten kann. Denn in New York kennt man den Unfug des Trinkgeldes an die Köchin oder das Mädchen für alles nicht. So erklärt es sich, dass Hausmädchen in Berlin unendlich williger und liebenswürdiger sind als in New York. Nur in der Liebe, im Vergnügungshunger und im Klatsch sind sie einander gleich. In New York wie in Berlin deucht ihnen der Meinungsaustausch über die Herrschaft, bald untereinander, bald unter gütiger Mitwirkung des Portiers, der Gemüsehändlerin, der Milchhändlerin und ähnlicher mitfühlender Seelen, eine geistige Erholung ohnegleichen. In New York wie in Berlin ist ein schöner Schlächtergeselle oder ein bezaubernder Fluss- und Seefischverkäufer oder ein knospender Möbeltischler oder gar ein richtiger »junger Herr« für Anna oder Auguste die süßeste Daseinswürze. Wie es für das Berliner Dienstmädchen der Wonnen höchste ist, mit einem dieser Halbgötter im »Kientopp« zu sitzen oder in Halensee und Treptow mit ihm herumzuwälzen oder auf dem Olivaer Platz an nicht zu nassen Sommerabenden auf einer dunkeln Bank an seiner Zigarrentasche zu ruhen oder gar im Esszimmer der verreisten Herrschaft auf deren Kosten mit ihm sybaritisch zu schwelgen, so blühen auch der Zierde des New Yorker Haushalts ähnliche Wonnen. Nur auf eine Über-Wonne muss sie verzichten: den sonntäglichen, weithin funkelnden und leuchtenden Garde-Grenadier. Denn Dollarika ist ein jammervoll unsoldatisches Land. Wie der Teufel in der Not Fliegen frisst, so begnügt sie sich manchmal mit einem Polizisten. Aber im Vergleich zu einem Grenadier schmeckt ein Polizist wie koffeinfreier Kaffee.

18. ENTDECKUNG

*Berliner Witwen und ihre Bälle – Was für Witwen ich entdeckte, und wie sich der geborgte Ehemann mit dem 20-Mark-Stück benahm – Die offene Bluse als Anzeige – Die Witwe mit der Pleureuse und der maßlos zynische Kellner – Warum Witwen immer frieren * * * * * * ***

Jede Weltstadt ist voll von Witwen. Ich habe sogar den Eindruck, dass keine Weltstadt davon voller ist als New York. Der New Yorker Ehemann hält es für seine schönste Pflicht, sich für seine Gattin so schnell wie möglich totzuarbeiten und ihr außer einer hohen Lebensversicherung ein ansehnliches Vermögen zu hinterlassen, damit ihre Witwenschaft recht fröhlich sei, oder damit sie recht bald einen zweiten Mann begraben könne. Ich kannte eine New Yorkerin, für die sich drei Männer totgedollart hatten, und die ein glänzendes Geschäft dabei gemacht hatte. Der New Yorker Ehemann, oder allgemeiner der amerikanische, steht nicht umsonst in dem Ruf, der galanteste Ehemann der Welt zu sein. Wenn man in New York ein weibliches Wesen trifft, das in tiefstem Schwarz seinen Schmerz um einen Verstorbenen bekundet und dabei von einem Vergnügen zum anderen taumelt, so ist das die Witwe eines Totgedollarten. Trotzdem fällt sie im öffentlichen Leben wenig auf. Das ist in Berlin ganz anders.

Hier scheinen die Witwen ihr Witwentum als eine Art Beruf zu betrachten und Vereinigungen zum Schutze ihrer Witwen-Interessen zu bilden. Diesen Schluss zog ich aus den Anzeigen von »Witwenbällen«. Ich verspürte einen unwiderstehlichen Reiz, diese Witwen zu entdecken. Auffallend war, dass sich ihre Wirksamkeit auf ganz bestimmte Stadtteile beschränkte. Nach der Lage der Lokale zu urteilen, wo sie wirkten, mussten es vorwiegend östliche Witwen sein; manche mit einer Neigung mehr nach Südosten, andere mehr nach Nordosten. Der Sicherheit halber borgte ich mir einen witwenfesten Ehemann und nahm vor Antritt der Fahrt bei ihm ein solides Mahl ein. Seine Frau sah ihn ungern in Gegenden entschwinden, wo Witwen Bälle veranstalten. Sie zog ihm für alle Fälle die Diamantnadel aus dem Schlips und bestand darauf, dass er nicht mehr als 20 Mark mitnehme. Verheiratete Frauen wissen, dass Witwen meist im gefährlichen Alter sind; besonders auf Bällen. Auch hatte er sich so kleiden müssen, dass nichts an ihm auf irgendwelche Wohlhabenheit schließen ließ, weil nach unerschütterlicher Überlieferung die männliche Wohlhabenheit eine besondere Anziehungskraft auf Witwen ausübt. Zum Schluss musste ich schwören, den Ehemann in unversehrtem Zustande wieder abzuliefern, ansonsten ich ihn nie wieder geborgt bekäme. Und wir kamen in die Gegend, wo die Schlupfwinkel der östlichen Witwen sind. Da wir das Lokal nicht fanden, wandten wir uns an einen verspäteten, aber hohes Vertrauen erweckenden Postbeamten. Der wusste Bescheid. »Aber«, sagte er, »sei'n Sie man recht vorsichtig. Ich war neulich ooch mal mang die Witwen. Na, es is'n teures Vajnüjen. Die trinken nich bloß Bier. Zum Schluss wollen se ooch Kaffe mit Kuchen, und da sind fünf Märker futsch, ehe man weiß, wo sie jeblieben sind! Vielleicht komm' ich nachher ooch noch hin und schliddere 'n paarmal über'n Parkettboden!« Damit tauchte er in das östliche Dunkel.

Fünf Mark! Diesen ehrlichen Mann hatte uns der Himmel gesandt, der zumal geborgte Ehemänner schützt.

Doch es war nicht ganz so schlimm. Im Gegenteil – in der Garderobe war ein süßer Duft wie von gebratenen Äpfeln. »Sehr richtig!« bemerkte die freundliche Hüterin der Überzieher und Hüte und wies auf ein Öfchen neben sich. »Hier schmort mein nächtlicher Bratappel. Und dazu 'ne scheene Tasse heißen Kaffe – dann kann man's auch ohne 'n Ehemann aushalten. Fuffzich Fennich, wenn ich bitten darf!« Dieser Bratapfel und die Tasse heißen Kaffees hatten etwas ungemein Beruhigendes.

Lass dich ruhig nieder, wo Bratäpfel duften,
Gebrat'ne Äpfel gibt es nicht bei Schuften.

Der geborgte Ehemann schöpfte frischen Mut. Die 50 Pfennig schlossen zugleich das Eintrittsgeld in sich. Das finde ich eine ganz vorzügliche östliche Einrichtung, die auch in anderen Vergnügungslokalen, zum Beispiel bei Reinhardt oder im Opernhaus, eingeführt werden sollte. Wie unendlich würde das den Theaterbesuch vereinfachen.

Was der Bratapfel verheißen hatte, hielt er. Wir betraten einen festlich beleuchteten Saal, der auffallend viereckig war. Rings an den Wänden standen Tische, an denen festlich beleuchtete Witwen saßen, denen hörbar das Wasser im Munde zusammenlief, als wir eintraten. Der geborgte Ehemann bekam einen furchtbaren Schreck, fühlte nach seinen 20 Mark und zog mich in die fernste Ecke. Von hier aus konnte ich in Ruhe beobachten. Wahrhaftig, ich hatte den Eindruck bratapfelhaftester Solidität. Hier konnten Familien Äpfel braten. In der Ecke rechts waren einige schwarzgekleidete Herren mit einem Klavier und anderen Instrumenten, auf denen sie Tanzmusik hervorbrachten. Zu dieser Musik drehten sich auf funkelndem Parkettboden, in dem sich die Strümpfe der – Beleuchtungskörper (was dachten Sie denn, o Leser?) spiegelten, die verschiedensten Witwen, in sehr einfacher, gediegener Kleidung. Da waren ältere Witwen und jüngere, auf deren Gesichtern noch der Schmerz um den allzu früh Dahingeschiedenen (»Nun ist das erste Jahr verflössen, – Dass du die Augen hast geschlossen, – Die, ach so zärtlich auf mir ruhten, – Gefüllt von heißen Liebesgluten!«) sich deutlich ausprägte. Andere von ihnen trugen ein sanftes Lächeln zur Schau, das besagte: »Ich hoffe das Beste!« oder: »War-

te nur, balde ruhst du auch – wieder am Herzen eines geliebten Mannes!« oder gar: »Es ist erreicht!« Sie lehnten sich mit einer gewissen Zärtlichkeit auf ihren Tänzer, die voll tiefer Andeutungen für ihn war. Wo derartige Gefühle nicht vorhanden waren, hielt sich die Tanzende steif und in größerem Abstand von ihrem Partner, damit er sich keinen unnötigen Hoffnungen hingebe. Da waren ferner große Witwen mit großen Händen und Füßen, kleine Witwen mit kleinen Händen und Füßen, eckige Witwen und runde Witwen, Witwen mit breiten »Talljen« und mit schmalen, blonde, brünette, schwarze. Eine hatte ihre Bluse nicht zugeknöpft, weil ach! der Gute nicht mehr war, der fluchend vergeblich mit dem Haken die dazugehörige Öse zu erwischen versucht hatte. Oder war es eine Art höchst raffinierter Anzeige, die den anwesenden Herren verkünden sollte: »Gesucht per sofort ein besserer Ehemann mit etwas Vermögen, der nachweislich firmer Blusenzumacher ist«? Eine Witwe mit traurigen Augen, noch feucht von den letzten Tränen um den Verblichenen, saß etwas abseits ganz allein vor einem »Glase Helles«, an dem sie sparsam nippte. Keiner kam. So öffnete sie ihre Handtasche und entnahm aus den dunklen Tiefen irgend etwas, das sie verstohlen in den Mund steckte und kaute. Das musste einem rauen Mann das Herz gerührt haben: er trat tiefernst auf sie zu, ließ den dicken, großen Kopf mit einem Ruck auf das harte Oberhemd fallen und riss ihn wieder nach oben. Sie klappte mit glücklichem Lächeln die Tasche zu, schluckte das letzte Häppchen auf einmal hinunter und segelte in die Tanzenden hinein. Aus einer Ecke ertönte die tiefe Stimme des Wirts, der über Politik sprach: »Na – der schwarzblaue Block – det is 'ne Farbenmischung!«

Ebenso verschiedenartig waren die Männer, mit denen die Witwen tanzten. Nein – sie waren sogar noch verschiedenartiger. Hier tanzte einer in einem weiten, schlotterigen Anzug, dort in schwarzen Hosen und grauem Jackett, wo anders ganz in Schwarz. Des einen Hosen waren ganz frisch gebügelt, mit einer messerscharfen Kante, so dass man befürchtete, er könne mit der Kante seiner Tänzerin die Kleider zerschneiden. Des anderen Hosen bauschten sich vorn an den Knien zu zwei Säcken. Auch auf den Gesichtern der Herren lagen die verschiedensten Ausdrücke. Ein kleiner Herr mit einer strahlenden Glatze tanzte mit gerunzelter Stirn und hatte die Unterlippe fest zwischen die Zähne gepresst. Das gab seinem Gesicht etwas Verzweifeltes. Vielleicht war's ein Witwer, der im Innern tiefe Reue verspürte, dass er schon so bald nach dem Hinscheiden der besseren Hälfte seine zurückgebliebene schlechtere Hälfte von neuem ergänzen wollte. Ein Jüngling, der geradeswegs aus einem östlichen Butter-, Käse- oder Eiergeschäft zu kommen schien, hatte sich das Haar mit irgendeinem besseren Schmalz gesalbt, so dass es in dem Gaslicht förmlich strahlte und die Täuschung verursachte, als ob ihn ein Heiligenschein umglänze. Sein Gesicht war hochrot und schwitzte, und das Tanzen schien für ihn eine ebenso anstrengende wie ehrenvolle Arbeit zu sein, der sich ein gewissenhafter Mann unter keinen Umständen entziehen dürfe. Seine mächtige, dunkelrote Hand ruhte auf einem viereckig zusammengelegten riesigen Taschentuch, das er seiner Tänzerin zur Schonung der weißseidenen Bluse auf den Rücken gelegt hatte. Diese dunkelrote Hand auf der weißseidenen Bluse wirkte glattweg sezessionistisch. Dann bemerkte ich einen dicken, fast kugelrunden Herrn, der sich sehr neckisch benahm und beim Tanzen fortwährend mit den Beinchen ausschlug. Darüber schüttelten sich alle vor Lachen. Ohne Zweifel war das bei dem Kugelrunden der freudige Ausdruck seiner Gewissheit hinsichtlich der Gefühle seiner Tänzerin für ihn. Überhaupt – »Nüanksen« waren hier Trumpf. Ein breitschultriger Mann hatte seinen rechten Arm überaus kokett in die Hüfte gestemmt und hielt auf diese Weise die Hand seiner Partnerin. Es sah sehr apart aus, aber alle Augenblicke stieß er seinen Ellbogen jemandem in den Leib, so dass dieser Ellbogen zuletzt mit feindlichen Blicken geradezu überschüttet wurde. Wiederum ein langer, dürrer und sehr blasser Mann mit einem langen, dünnen Hals, der unten von einem glänzenden Zelluloidkragen umsäumt war, hielt die eine Hand seiner Partnerin am Mittelfinger zwischen Daumen und Zeigefinger hoch in der Luft und war offenbar überzeugt, mit dieser »Nüankse« alle Nüanksen-Rekords des Abends zu schlagen. Aber im all-

gemeinen wurde schlecht getanzt – sehr schwerfällig und ungraziös, und die meisten Gesichter hatten jenen ernsten, sorgenvollen Zug, wie man ihn bei Tanzenden so häufig findet, und der so komisch wirkt. Plötzlich gab es (es war gerade Pause) eine Sensation. Eine junge Dame erschien in einem Kostüm, das in der Sprache des Kurfürstendamms »totschick« war – mit einem riesenhaften Hut und einer ebenso riesenhaften Pleureuse darauf. Außerdem hatte sie sich mit einem riesenhaften, ebenfalls totschicken jungen Herrn geschmückt, der ihr sehr gut stand. Die Aufregung war riesengroß. Niemand schien sie zu kennen. Ich fragte den Kellner, ob das eine Witwe sei. Da lachte er teuflisch und bemerkte: »Ja und nee – wie man's so nimmt. Bald is se eene, bald is se keene! Die is jeden Abend verheiratet und jeden Morjen Witwe!«

Es wurde immer voller und immer lustiger. Neben uns nahmen zwei Witwen Platz, die noch so gut wie unverheiratet aussahen. Der geborgte Ehemann wurde zunächst ganz verlegen. Aber sein 20-Mark-Stück war noch so wenig geschmolzen, dass er tollkühn wurde und die eine der beiden (natürlich die nettere) zum Tanz aufforderte. Das gab mir endlich die ersehnte Gelegenheit, nach all den physischen Studien auch einen tieferen Einblick in die Psyche der Berliner Witwe aus dem Osten, Nordosten und Südosten zu tun. Sie bestellten sich als unsere Gäste heißen Punsch, was ich psychologisch hochinteressant fand. Ein amerikanischer Psychologe hat einmal versichert, dass Witwen immer frieren. Ich halte das für eine überaus feine Beobachtung. Das einerseits verheiratete und andererseits liebende Weib verspürt ohne Zweifel das Beisammensein mit dem Mann als eine einerseits physische und andererseits psychische Wärme. Wenn diese Wärme plötzlich aufhört, friert sie. Verstehen Sie das, hochgeachteter Leser, aufrichtig verehrte Leserin? Nach dem Punsch wurden sie wärmer und vertraulicher. Ich hatte mich als Salzhändler aus Salt Lake City in Utah vorgestellt, verwitweter Mormone, dem seine sieben Frauen am Typhus gestorben waren. Der geborgte Ehemann war Reisender in Unterhosen und unverheiratet. Darüber lachten sie furchtbar. Ob sie's geglaubt haben, weiß ich nicht. Aber ich hatte dem Mormonentum abgeschworen (in Wahrheit ist's verboten) und wollte nun mit einer einzigen Frau glücklich werden. Was dazu hauptsächlich nötig sei, hätte ich ja – Vermögen. Die beiden warfen sich vielsagende Blicke zu und baten um Einzelheiten über Salt Lake City, als da sind: Klima, Preise der Lebensmittel und weiblicher Ausstattung, Dienstboten, und ob so etwas wie »Luna-Park« vorhanden sei mit einer Wasserrutschbahn. Die Berta sagte, sie rutsche für ihr Leben gern ins Wasser. Ich versicherte, sie könne, so viel sie wolle, direkt in den Salzsee rutschen und brauche sich nicht mal vor dem Ertrinken zu fürchten. Denn durch seinen Salzgehalt sei das Wasser so schwer, dass keiner darin untergehe, sondern immer oben schwimme wie ein Pfropfen. Daher begeht kein Mensch dort Selbstmord durch Ertrinken. »Nein, was es in Amerika allens jiebt!« meinte die Klara und bestellte sich noch einen Kaffee. In der Milch war eine tote Fliege. Aber der Kellner meinte, die sei »jratis, trotz der teuren Fleischpreise«. Es sei ein »noblichter« Wirt. Darauf begann Berta von ihrem Verblichenen zu erzählen. Ach, so'n Kleinod von Mann! Inschtallatör! Lungen-Entzündung! Vor anderthalb Jahren! Zehn Kutschen beim Bejräbnis! Kinder nicht da! Natürlich, wenn man noch so jung ist, will man doch nicht dauernd einsam sein. Glücklich kann man ja auch schließlich außerhalb Deutschlands sein! Da mussten wir plötzlich nach Hause. Aus der dunklen Ecke kam wieder die tiefe Stimme: »Überhaupt, der schwarzblaue Block – eine jediejene Farbenmischung!« Am nächsten Donnerstag sollten wir doch ja wiederkommen. Als wir in die Garderobe kamen, schmorte auf dem Öfchen ein neuer Bratapfel, und die »Jardrobiehre« machte ein kleines Schläfchen. Auf ihrem Gesicht lag ein verklärtes Lächeln. »Gnädige Frau haben gewiss von einem neuen Zukünftigen geträumt?« fragte ich die erschrocken Auffahrende. »Denken Se bloß«, erwiderte sie, »mir träumte, ich sang det schöne Lied aus der »Polnischen Wirtschaft«: »Männe, hak' mir mal die Taille auf!« Das kann schon was bedeuten.«

19. ENTDECKUNG

Ich entdecke Leser und Leserinnen, die sich für diese Entdeckungen interessieren. – Eine Anweisung zum Begießen von Balkonblumen. – Wie ich einen Dichter begeisterte. – Die reizenden Leberwürste aus dem Spreewald.

Eine Entdeckung ist mir besonders wertvoll: die liebenswürdige persönliche Anteilnahme des weisen Lesers und der holden Leserin (Leser sind immer weise, Leserinnen immer hold) an meinen Plaudereien über Berlin und seine Bewohner und ihr Treiben. Diese Anteilnahme äußerte sich in zahlreichen Zuschriften, die mir ein schmeichelhafter Beweis waren, dass meine launigen Zeilen ein Echo nicht bloß im Kopf, sondern auch im Herzen breiter Schichten des Publikums, ein gesundes Verständnis für die schlichtere Gattung Humor (Hausmannskost) gefunden haben. Das war von Anfang an der Zweck der Artikel. Ich wollte die vielen zu Gast laden, nicht übersättigte Feinschmecker. Auch in New York freilich kennen die Schriftsteller, wenn sie für Tageszeitungen schreiben, die »Stimme aus dem Publikum«, und die Tatsache ist vielleicht als interessant zu verzeichnen, dass auch darin Berlin und New York einander gleichen. Jedenfalls erscheint es mir ein glücklicher Gedanke, im Auszuge einige wenige der mir zugegangenen Briefe zu veröffentlichen, weil ihr Inhalt für meine Freunde und Freundinnen unter den Lesern sicherlich wieder eine heitere Unterhaltung bilden wird. Wir können heutzutage nicht genug lachen oder auch nur lächeln.

Hier ist die erste Zuschrift:

»Wie Sie in Ihrem ersten Artikel über Es-ist-erreicht-Schnurrbärte bei »sanften« Bäckergesellen schreiben, haben Sie keine richtige Vorstellung von einem Bäckergesellen mit so einem Schnurrbart. Zentralvereinigung der arbeitslosen Bäckergesellen.«

※

»Es freut mich, dass mal endlich einer etwas Gutes über uns Schutzleute schreibt, wo wir gewöhnlich bloß Unangenehmes zu hören kriegen. Sie haben offenbar einen Blick in unsere beste Seele getan. Wenn Sie mich mal mit Ihrem Besuch beehren würden, vielleicht zu einer »Weißen mit«, so könnte ich Ihnen noch viel Interessantes aus unserem anstrengenden Leben erzählen, woraus Sie vielleicht was Lustiges machen können.« Usw.

※

»Ob Sie denn doch nicht unrecht haben, wenn Sie glauben, dass Ihre Steuerzahlung Sie zum »Radauschlagen« berechtigt, wenn Ihnen irgend etwas Munizipales nicht passt? Ein Fremder in Preußen darf zwar Steuern zahlen auch vom Kapital, das er auswärts erworben, aber gegen die Autorität Radau schlagen – nee, Männeken, det derfste nich! Sonst wird er als lästiger Ausländer (oder, wie Sie, als lustiger Ausländer) ausgewiesen. Haben Sie schon mal zugesehen, wenn ein Pferd auf der Straße stürzt? In dem Fall, den ich im Auge habe, erschienen drei Schutzleute und notierten den Fall. Dann wurde nach der Feuerwehr telefoniert. Es kam eine Dampfspritze. Zwei Minuten vorschriftsmäßige Meldung. Dampfspritze fährt zurück. Nach

20 Minuten kommt Pferdekadaverwagen. Zwei Minuten vorschriftsmäßige Meldung. Kein Versuch, das Pferd zu heben. Endlich rin damit in den Wagen zum Mißvergnügen des Besitzers, der nun nicht weiß, was er mit seinem Wagen anfangen soll.« usw.

»Als ich in meine Wohnung zog, war es natürlich eine meiner ersten Tätigkeiten, den Balkon schön zu bepflanzen und zu gießen. Sehr bald kam ein junger Mann zu mir und sagte: ›Von Ihnen läuft dreckiges Wasser herab.‹ ›Ja,‹ sage ich, ›das ist ein bekanntes Naturgesetz, dass das Wasser immer nach unten, nie nach oben läuft.‹ Das leuchtete dem jungen Mann aber nicht ein, und er erstattete Anzeige. Ich bekam ein Strafmandat über 1 Mark. Ich zahlte sofort, bemerkte aber in meinem Begleitschreiben, dass ich in jedem ferneren Falle auf gerichtliche Entscheidung Antrag stellen würde mit folgender Begründung: Ich habe das Wasser nicht auf die Straße gegossen, sondern auf meine Blumen. Von den Blumen ist es nicht auf die Straße, sondern auf den Balkon gelaufen. Wenn es von da auf die Straße lief, so ist das nicht meine Schuld, denn jeder Balkon muss nach den gesetzlichen Bauvorschriften nach der städtischen Kanalisation entwässert werden, und das ist bei meinem Balkon nicht der Fall. Das hat gewirkt. Aber eines Tages lief ein ordentlicher Posten Wasser auf einen sauberen Schutzmann, der gerade unter dem Balkon stand. Da verfügte die Polizei einfach an den Hauseigentümer, dass der Balkon nach der Kanalisation entwässert würde. Ich kann jetzt gießen, soviel ich Lust habe. Machen Sie's auch so.«

⸓

»Heiliger Brahma, was gab es in Ihrer letzten Entdeckung über uns reizende Berlinerinnen zulesen! Ich selber bin auch eine ganz waschechte, mit Spreewasser getaufte Berlinerin, habe aber leider in meinem Äußeren nichts von all den geschilderten Reizen. Wir sind im allgemeinen etwas derb zupackend, schnell mit der manchmal kecken Antwort bereit, aber ich kann mir beim besten Willen nicht vorstellen, dass ein echtes Berliner Mädel den Wunsch nach Kempinskischen Genüssen aussprechen sollte. Verlobung schon eher. Vielleicht sehen Sie danach aus? Gehen Sie einmal zur Winterzeit in eins unserer vornehmen Konzerthäuser. Dort finden Sie das Berliner Mädel aus allen Himmelsrichtungen. Kernig und rassig ist es, tapfer geht es den oft mühevollen Weg und hält nicht eher an, als bis das meistens sehr hoch gesteckte Ziel erreicht ist. Da sehen Sie sie sitzen mit heißen Wangen, strahlenden Augen, nur den wundervollen Tönen lauschend. Und diese jungen Damen sind zumeist genötigt, für den Lebensunterhalt zu sorgen. Sie finden dort die junge Lehrerin, die Musikstudierende, die zarte Hauptmannswitwe und Doktors Älteste. Weiter – Sie wundern sich, dass die Berlinerin, wenn sie verheiratet ist, so an Fülle zunimmt. Aber, lieber Freund, so ein kleines Mamachen, besonders wenn sie die Familie fleißig vermehrt, wird mit der Zeit etwas ruhiger und setzt Fett an. Übrigens hat der Durchschnittsberliner sogar eine

Vorliebe für solch eine kleine, appetitliche, rundliche, rosige Frau!« Usw.

—✂—

»My dear H. F. U. You are what the Berliner calls a »Nummer«. Wann Sie von Berlin so entzickt sind, mussen Sie hier bleiben und Taxes zahlen und recht hoche hoffentlich! Es gibt nichts wie New York! Sie stellen die Berlinerin über die New Yorkerin? Es macht mir lachen. Hurrah for dear old New York! Eine egoistische kleine Amerikanerin (eiskalt!). P.S. Ich wünsche, ich kennte Ihre Nase ziehen! Warten Sie, bis ich Sie in New York fasse! I know you!«

—✂—

»Ich schreibe Ihnen diesen Brief, um Sie um eine Gefälligkeit zu bitten, und hoffe, dass Sie nicht lachen werden, wenn Sie hören, dass es sich um amerikanischen Candy handelt. Ich habe schon viel aus Ihren lustigen »Entdeckungen« gelernt, zum Beispiel: wie man billig zu Theaterbilletten kommt, wie man seine Blumen begießen soll, wie man als Ausländer Steuern zahlt, wie man Ausflüge macht. Aber dass man in Berlin auch echten amerikanischen Candy haben kann, wusste ich nicht. Den letzten Candy bekam ich vor drei Jahren, und seitdem habe ich vergeblich danach gesucht. Da ich augenblicklich eine verlassene kleine Strohwitwe bin (mein Mann ist in Geschäften in Japan), so wäre mir etwas amerikanischer Candy ein besonderes Vergnügen. Bitte, teilen Sie mir also die Adresse des betreffenden Geschäftes mit, wofür ich Ihnen sehr dankbar wäre.« (Übersetzt aus dem Englischen.)

—✂—

»Geschätzte Blüte aus Dollarika. Da Sie immer von »verbauchten« Berlinern reden, haben wir einen »Verein der Verbauchten« ins Leben gerufen und uns erlaubt, Sie zum Ehren-Mitglied zu ernennen. Ihnen baldige Verbauchung wünschend, zeichnen verehrungsvoll« ...

== =

»In Ihrem Ostseebad-Artikel haben Sie so ganz beiläufig die harmlos scheinende Bemerkung eingeflochten, dass eigentlich jeder Badeort poetisch verherrlicht werden sollte. Sie ahnten gewiss nicht, welchen verheerenden Feuerbrand Sie mit diesen Worten in die ex officio stündlich unter Dampf stehenden Seelenkessel der gewerbsmäßigen Dichter geschleudert haben. Auch in mir sehen Sie solch prometheisch gezeichnetes Opfer! Bei der Lektüre Ihres Artikels glühte es erst ganz unscheinbar wie das Flämmchen eines der jetzt fast unerschwinglichen Streichhölzer in mir auf, dann – ein rhythmisch rumorendes undefinierbares Etwas übertönte alles andere in mir – Papier! Bleistift! Zigarette! schrie es, befahl es. Hier das Ergebnis:

Hochzeitsreise.
(Fragment.)
Der Bräutigam sprach zu Amalien:
»Weißt, Mäuschen, ich hab 'ne Idee!
Wir pfeifen aufs teure Italien
Und jondeln nach Binz an die See.«
»Topp!« sprach sie und tat ihn umschlingen,
Drauf sauste das Pärchen zur Bahn,
Glückselige Zeit zu verbringen
In schaukelndem Liebeskahn.

»Geehrter Herr Entdecker! Ich bin Telefon-Arbeiter und habe fortwährend auf den Dächern zu tun. Ich sage Ihnen, was man da alles entdeckt! Wollen Sie mal mitkommen aufs Dach? Sie würden da gewiss noch eine Masse Interessantes entdecken.«

»Meine Freundin und ich haben Ihren Aufsatz über den Spreewald gelesen. Wir glauben sicher, Sie zu kennen. Sie waren sicher der glattrasierte Herr mit dem klassischen Profil. Erinnern Sie sich nicht der beiden Damen, die vor Ihnen im Kahn fuhren und sangen, worauf Sie und Ihre Freunde immer in den Refrain einstimmten und aus Ulk etwas von »Leberwurst« sangen? Sind Sie schon verheiratet? Oh, ich schwärme so für Schriftsteller, meine Freundin dagegen für Bildhauer. Wer von den anderen war der sanfte Seppl? Gebraucht Seppl Modelle? Bitte schreiben Sie uns doch. Adresse Leberwurst, Berlin W 64, postlagernd.«

»Geehrteste aller Leberwürste! Da mein Freund Urban bei seiner Entdeckung Berlins bis ins Bayerland vorgedrungen ist, das er zu den Vororten Berlins rechnet, beauftragte er mich, den sanften Seppl, mit der Antwort auf Ihren Brief. Dem Parfüm nach, das dem Brief anhaftete, dürften Sie zu den feineren Leberwürsten gehören, die ich jedenfalls der Land- oder Zwiebelleberwurst vorziehe. Gewiss gebrauche ich Modelle. Wenn Sie wirklich Lust haben, sich von mir aushauen zu lassen, so wird es mich freuen, wenn Sie mich an einem Tage mit Ihrem Besuch beehren. Zugleich lade ich Sie zu einem vorzüglichen Kaffee und Pflaumen-kuchen ein.«

‒‒

»Geehrter Herr! Ich finde es sehr unpassend von Ihnen, dass Sie mich in Ihrem Briefe Leberwurst nennen. Ich bin Ihre wohlriechende Leberwurst noch lange nicht. Ich wünsche auch nicht Leberwurst genannt zu werden, wenn ich morgen Nachmittag mit meiner Freundin meine Auf-wartung mache. Wenn ich Ihnen verzeihe, so geschieht es nur, weil ich schon seit drei Jahren ein Bild von einem Ihrer Werke besitze, und wenn Sie dieses Kunstwerk gemacht haben, bin ich doppelt erfreut, Sie kennen zu lernen.«

Ach, aber damit endete dieses reizende I.eberwurst-Idyll. Die Leberwürste sind entschwunden. Und ich hatte mich so gefreut, noch die Berliner Romantik der Leber-würste zu entdecken. Das sind die Dornen an den Rosen der Schriftsteller.

‒‒

Geehrter Herr! Ich bin so frei und sende beiliegend mei-ne Photograwie, damit Sie mich schreiben sollen, ob ich für Neuchork passe als besseres Mädchen. Kann auch kochen, gute Hausmannskost (Suppe, Gemüse, Braten u. s. w.). Diesen Lohn, wie Sie schreiben, mechte gern ver-dienen, da kann man ja schön sparen von und was anfan-gen später, hier in Berlin. Oder eine gute Parthie machen. Ich weiß schon wen. Aber er hat nichts, vileicht auch ei-nen in Neuchork, wo sie so viel Geld haben. Nur dass ich dass englische nicht kann. Kann ich nicht in eine Deutsche Familie gehn zum Anfang? Könnten Sie so freundlich sind und mir zu empfehlen, dass würde mir doch sehr helfen, wo Sie so bekannt sind in bessere Familien, wo ich allens haben kann wie Sie schreiben. Bitte um geneigte Zuschrift oder wenn ich kommen soll ebenso gern. Mit Achtung grüsend Ihre treue Emma…

P. S. Und was die Reise kostet und wie ist die Seekrankheit eigentlich?

Berliner Ortsschilder, Wappen und Ansichten
als Magnete, Postkarten und Lesezeichen
finden Sie im Shop von epilog.de:
www.epilog.de/berlin